W0316706

La Caverne Engloutie

la Grotte Cosquer, Regard sur la Préhistoire des Calanques

La Caverne Engloutie

La Grotte Cosquer, Regard sur la Préhistoire des Calanques

Dossier Science :

Jacques Collina-Girard
(Préhistorien)

Roman :
Jacques Collina-Girard

Mémoires Millénaires

SOMMAIRE

Sortie du siphon d'accès de la grotte Cosquer à -37 m de profondeur.

LE CONCEPT DE L'OUVRAGE

Découvrir, comprendre et faire revivre les peintures préhistoriques de la grotte Cosquer, telles qu'elles ont été réalisées il y a 18 000 ans, voici l'ambition de cet ouvrage. Par le biais de l'analyse et du témoignage d'un même homme, Jacques Collina-Girard, à la fois scientifique (en première partie de l'ouvrage) et romancier, la grotte Cosquer reprend vie.

Sur les traces de François Bordes

François Bordes (1919-1981), préhistorien et géologue, professeur de Préhistoire à l'université de Bordeaux, a marqué son époque comme scientifique mais aussi comme un des premiers auteurs a avoir introduit la science-fiction en France. Romans et nouvelles publiées sous le pseudonyme de Francis Carsac se sont nourris de son univers scientifique. Prospecteurs, géologues, archéologues et hommes préhistoriques fréquentent ses romans de « Préhistoire Fiction ». Il se confiait volontiers en expliquant qu'en faisant de la science, il fallait garder esprit critique et prudence salutaire. Mieux valait basculer dans la science-fiction quand la science risquait de basculer dans l'imaginaire. Évitant ainsi un mélange des genres, il avait ainsi acquis un succès mérité dans le registre de la science et dans celui de la science-fiction. En adoptant préalablement la manière scientifique de François Bordes avant de basculer dans celle du romancier Francis Carsac, l'auteur de cet ouvrage, Jacques Collina-Girard, se place dans les pas de son illustre homologue.

Comprendre le mode de vie de l'époque avant de s'immerger dans le roman

Un dossier science (pages 10 à 32) rappelle les circonstances réelles de la découverte en présentant la grotte et ses apports scientifiques originaux avant de préciser les éléments de la vie au Paléolithique supérieur, pendant la dernière glaciation. Ces éléments vous permettront de vous familiariser avec le passé préhistorique marseillais avant d'aborder *La Caverne engloutie*, un roman à lire de préférence avant ou après une visite de la réplique du site présentée à côté du MUCEM, dans la Villa Méditerranée à Marseille.

Le roman

La découverte en 1991 de la grotte Cosquer à Marseille a fasciné la presse marseillaise et le grand public. C'était là, en plus d'une découverte scientifique improbable, une véritable histoire à la Jules Verne : celle où un plongeur, véritable héros civilisateur, découvre par hasard une bulle enclavée depuis les origines dans les calcaires du massif des Calanques. Une histoire idéale pour servir de base à un roman entre science et fiction.

Préface

Après *Le Chamane du bout du monde* (Jean Courtin, Seuil, 1998), et *La Première Empreinte* (Xavier-Marie Bonnet, L'Ecailler du sud, Marseille, 2002), fiction dans laquelle je me suis reconnu dans le professeur Palestro, voici que la célèbre grotte Cosquer, le « Lascaux des Calanques », inspire un nouveau roman (*La Caverne engloutie),* dû à la plume alerte de mon ami Jacques Collina-Girard. Géologue, spécialiste de géomorphologie sous-marine, préhistorien, plongeur de haut niveau, Jacques est également un écrivain aussi talentueux qu'inventif. Outre des nouvelles, on lui doit plusieurs ouvrages dans des domaines très divers, ceci dû à sa curiosité universelle et son érudition encyclopédique : *Le Feu avant les allumettes, L'Atlantide retrouvée ? Enquête scientifique autour d'un mythe, La Provence immergée...*

Né à Guayaquil, « la perle du Pacifique », deuxième ville de la république d'Équateur, il a fait ses études de géologie à Marseille. Maître de conférences, il a enseigné au Maroc (ENS de Rabat-Takkadoum) puis à l'institut du Quaternaire, Talence (près de Bordeaux). Après avoir été détaché pendant deux ans au CNRS, au laboratoire de géologie quaternaire de Luminy, à Marseille, il enseigne depuis de nombreuses années à l'université de Provence, à Marseille, sa ville de prédilection, et à Aix-en-Provence. Sa passion de la plongée l'a entraîné dans un peu toutes les mers, de la mer Égée aux Maldives, des Caraïbes à la mer Rouge ; je suis sûr que si l'on découvre un jour de l'eau salée sur une planète, il trouvera le moyen d'aller y tremper ses palmes !

Ce sont la Préhistoire et la plongée, passions que nous partageons, qui sont à l'origine de notre longue amitié. Je dois ajouter également que nous sommes tous deux curieux de gastronomies exotiques et tribales, expériences culinaires que d'aucuns qualifieraient de suspectes, voire de risquées. Pour ce qui me concerne, j'ai profité de toutes les occasions pour goûter toute sortes de mets, du hérisson rôti au civet de renard, du ragoût de blaireau à la couleuvre en persillade, jusqu'au curry de tortue marine. Mes séjours en Afrique m'ont fourni quantité d'autres plats intéressants : grillades de crocodile et de python, rôti de porc-épic, sauterelles et termites ailés grillés, et autres mets sortant de l'ordinaire. Dans notre bonne ville de Marseille, l'ami Jacques ma fait découvrir des restaurants où peu de touristes, et même de Marseillais, osent s'aventurer, notamment des gargotes africaines près du Vieux-Port, dédaignées bien à tort par les Européens. À Paris, je me souviens d'une soirée hivernale et glacée où il m'entraîna dans l'unique restaurant tibétain de la capitale... Outre l'ambiance et l'accueil chaleureux, ce fut un très bon repas, arrosé de thé au beurre de yack, ce fameux thé tibétain au beurre rance vulgarisé par Hergé dans *Tintin au Tibet*, présenté par une très gracieuse serveuse aux yeux bridés... Et puis, ce fut, lors des années 1991-1994, l'aventure de la grotte Cosquer, la première grotte ornée paléolithique découverte en Provence ; une grotte dont l'entrée est sous-marine, à -37 m de profondeur, une grotte qui en plus se trouve... à Marseille ! De quoi faire ricaner et crier à l'imposture les « chers collègues » parisiens, qui s'empressèrent de déclencher, par voie de presse une impitoyable polémique. Au cours de plusieurs campagnes de plongée, Jacques fit dès le début parti de l'équipe et son aide nous fut très précieuse. En effet, en qualité de spécialiste, il réalisa l'étude géologique de la cavité, nous expliqua la tectonique à l'origine de la formation de la grotte, la genèse des concrétionnements. On lui doit également la reconstitution du précontinent, aujourd'hui submergé, du golfe de Marseille jusqu'à Cassis, étude qui permet de comprendre quel était le paléoenvironnement de la grotte lors de la dernière période glaciaire.

Je laisse au lecteur le plaisir de découvrir ce roman, qui le captivera comme je l'ai été, que ce soit par l'intrigue, pleine de rebondissements, par les documents scientifiques qui l'accompagnent, par la verve et l'humour inépuisable de l'auteur.
Dans ma jeunesse je lisais parfois un magazine alors célèbre, le *Reader's Digest*, dans lequel paraissaient régulièrement des articles intitulés « l'homme le plus extraordinaire que j'ai rencontré »... Aujourd'hui, quand j'évoque ces lointains souvenirs de lecture, c'est à Jacques Collina-Girard que je pense à chaque fois. Un très grand merci, ami Jacques, pour me faire rêver !

Jean Courtin

Préhistorien. Spécialiste reconnu du Néolithique dans le sud de la France, il a également dirigé la première expertise scientifique de la grotte Cosquer

À l'intérieur de la grotte Cosquer, des signes géomètriques, en forme de « méduses » ou de « comètes ».

Vue aérienne du cap Morgiou.

VISITER LE SITE

La grotte Cosquer ne peut se visiter qu'en plongée et son accès n'est autorisé que pour des travaux scientifiques. La raison est que l'accès au site, réservé à de bons plongeurs spéléologues, est dangereux. Par ailleurs, le site étant fragile, une personne non avertie peut provoquer des dégâts irrémédiables. Ces raisons ont justifié la fabrication d'une réplique présentant la totalité des grands panneaux ornés de la grotte.

Se rendre au cap Morgiou au-dessus de l'entrée de la grotte Cosquer

Il est possible de se rendre au cap Morgiou, objet d'une très belle petite randonnée dans les calanques (2 h 30 aller - retour). Une route étroite mais carrossable conduit jusqu'à la calanque de Morgiou. Se garer sur place. À partir de là, un chemin remonte le versant droit de la calanque. Il faut ensuite passer un petit col qui permet d'accéder à la surface du cap. On rencontrera ensuite de petits murets démantelés, restes de fortifications napoléoniennes. Continuer jusqu'à l'extrémité du cap surplombant la mer et la crique arrondie de la Triperie dont l'extrémité ouest, la pointe de la Voile, surplombe la mer et l'ouverture de la grotte Cosquer, à 37 m de profondeur (cf. la photo page précédente).

Avenir et inquiétudes pour la grotte Cosquer

Au cours des temps géologiques, la cavité et ses œuvres d'art ont été noyées au trois-quarts par la remontée de la mer qui a accompagné la fin de la glaciation. Cette submersion se poursuit actuellement, comme le montrent les observations satellites qui ont mesuré une remontée régulière du niveau marin de 2,3 mm par an. Cette tendance pourrait être potentiellement accélérée par le changement météorologique, observé depuis 1994. Depuis cette date, les vents de Sud-Est, plus fréquents qu'auparavant, ont été accompagnés de remontées sensibles du niveau marin qui ont, à plusieurs reprises, submergé le « panneau des petits chevaux » jusqu'au niveau des encolures. Si ces situations se reproduisent, favorisées par le réchauffement climatique global, les œuvres d'art de la grotte Cosquer risquent, à plus ou moins long terme, d'être effacées.

Visiter la reconstitution du site à côté du MUCEM

La réplique de la grotte Cosquer se trouve dans la Villa Méditerranée, située à côté du MUCEM à environ une demie-heure de marche de l'extrémité du Vieux-Port. On peut aussi emprunter les nombreux autobus qui font la jonction entre le centre de la ville et le MUCEM. La visite commence par une présentation relative à la plongée sous-marine avant de conduire les visiteurs vers les petites nacelles motorisées qui amènent successivement sur les panneaux peints et gravés. À l'étage, un espace muséographique fournit des compléments d'information aux visiteurs.

Le grand projet de reconstitution

L'expérience des grottes de Lascaux en Dordogne et de la grotte Chauvet en Ardèche a dicté la stratégie à adopter : réalisation de répliques grandeur nature, visitables par le public, exécutées à partir de relevés informatiques millimétriques pour les relevés topographiques et inférieurs au millimètre pour les œuvres d'art. Cette solution a été adoptée à Marseille, financée par la Région, avec les données fournies par le ministère de la Culture. Le choix de la Villa Méditerranée, bâtiment jusqu'ici inutilisé à côté du MUCEM et du fort Saint-Jean, a été décidé malgré les problèmes d'adaptation des volumes de la grotte à ce bâtiment qui, au départ, n'était pas dédié à cet usage. Les principaux panneaux sont visibles pour le grand public grâce à de petites nacelles motorisées pour gérer l'afflux de visiteurs dans un parcours qui reproduit l'essentiel de la topographie de la grotte. L'étage du bâtiment est consacré à des compléments muséographiques et pédagogiques. Ce travail exécuté par la société Kléber Rossillon, avec l'expérience de la grotte Chauvet, a été livré au grand public en juin 2022.

Visite de la reconstitution de la grotte Cosquer à la Villa Méditerranée, à côté du MUCEM.

La première grotte ornée paléolithique découverte en Provence

La région marseillaise a une histoire bien plus ancienne que celle de la fondation de la ville par les navigateurs grecs, venus de Phocée, et l'installation, antérieure, vers 6000 ans avant notre ère, des premiers agriculteurs néolithiques sur l'île de Riou et sur les hauteurs de la butte Saint-Charles.
Dans le grand public, peu ont conscience du temps très long de l'histoire humaine qui a précédé ces périodes. La plupart ne soupçonnent pas les grands événements climatiques qui ont accompagné la dernière débâcle glaciaire, responsable des paysages actuels. Cette dernière période glaciaire a culminé, il y a 19 000 ans, pour se terminer par un réchauffement climatique drastique, entre 10 000 et 6000 ans avant nous. Le basculement vers les conditions tempérées actuelles s'est accompagné de profondes modifications de la géographie littorale. Lors de la glaciation, la soustraction des eaux océaniques, par les calottes glaciaires, avait provoqué un abaissement du trait de côte de 135 m par rapport à l'actuel. Lors de la fusion des glaces, le niveau de la mer s'est rapidement élevé (avec des vitesses pouvant atteindre 4 m par siècle) par le jeu de débâcles successives, submergeant les plateaux continentaux alors habités par les chasseurs préhistoriques. C'est ce monde oublié sous une submersion généralisée qui a fait irruption en 1991 dans la presse, où l'on annonçait la découverte d'une grotte ornée préhistorique dans les calanques marseillaises.
Le scepticisme était de rigueur, car on ne connaissait dans la région à l'époque que la grotte de Riaux qui, au XIXe siècle, avait livré dans le quartier de l'Estaque quelques outils de la fin du Paléolithique supérieur à une date estimée à 12 000 ans avant notre ère et des ossements de bouquetins. Dans ce contexte

Coupe schématique du cap Morgiou et de la grotte Cosquer.

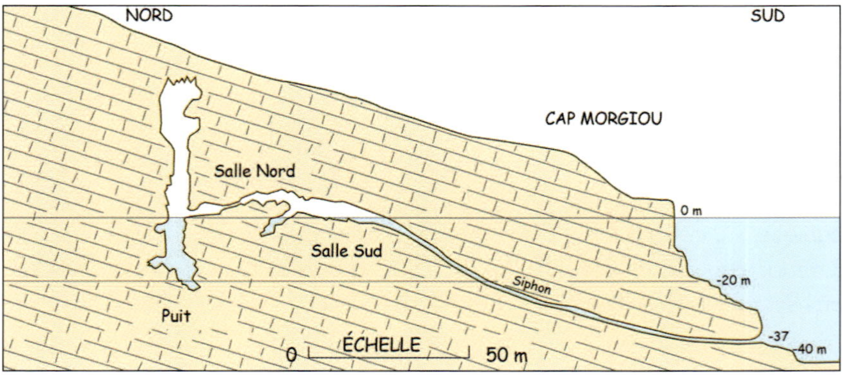

La vasque d'arrivée à l'intérieur de la grotte Cosquer.

de quasi désert archéologique, la découverte d'une grotte ornée d'importance majeure dans la banlieue marseillaise, au pied du cap Morgiou, prenait une allure d'aimable galéjade, et personne n'y croyait vraiment.

Historique des événements de la découverte

Durant l'été 1985, Henri Cosquer, alors directeur du Club cassidain de plongée, après avoir repéré l'ouverture du siphon d'accès à -37 m de profondeur, s'y engage sans poursuivre l'exploration jusqu'à son terme, faute d'un éclairage et d'une infrastructure spéléologique suffisante.

Pendant l'été 1991, Henri Cosquer retourne dans le siphon, émerge dans la cavité, repère les peintures préhistoriques et explore la totalité de la grotte, avec les moniteurs de son club, mais sans déclarer officiellement sa découverte au ministère de la Culture. En septembre 1991, trois plongeurs venus de Grenoble, un moniteur et deux débutants, s'engagent dans la cavité. N'ayant pas pris la précaution, pourtant élémentaire, de tendre un fil d'Ariane, ils se perdent dans les galeries noyées et deux d'entre eux trouvent la mort, sans doute en proie à la panique. Henri Cosquer, qui participe à la recherche des corps, se décide alors à déclarer sa découverte au ministère de la Culture (Département des recherches archéologiques sous-marines).

Les premières polémiques et l'expertise d'octobre 1991

Jean Courtin devant un foyer ; charbons et cendres.

La presse alertée, la découverte fait grand bruit en alimentant par ailleurs les polémiques de spécialistes dont certains, n'ayant vu que les photographies publiées par le journal *Le Provençal*, jurent leurs grands dieux, qu'il s'agit d'un faux, en accusant Henri Cosquer de supercherie.

Pour trancher, le ministère de la Culture met en place une mission d'expertise scientifique en faisant appel à Jean Courtin, spécialiste du Néolithique et plongeur de longue date. Cette expertise a lieu en octobre 1991 avec un verdict sans appel : les peintures sont authentiques. Recouvrement par la calcite, datations au carbone 14 et conventions graphiques typiquement paléolithiques sont suffisamment explicites pour ne pas laisser place au moindre doute.

Les polémiques entre Jean Courtin et certains spécialistes se poursuivent encore pendant que le ministère de la Culture met en place une première mission d'étude scientifique de la grotte pendant le mois de juin 1992. Cette mission sera dirigée par Jean Courtin et une autre aura lieu pendant l'automne 1994. Jean Courtin et l'auteur de cet article seront les seuls préhistoriens à avoir vu directement les peintures avant l'intervention plus tardive, de Jean Clottes dans la grotte, en 1994.

Un regard dans le passé préhistorique des Calanques

La grotte Cosquer, enclavée dans les profondeurs du cap Morgiou et scellée depuis 6 000 - 7 000 ans par la remontée de la mer, n'a plus reçu de visite depuis le départ des hommes préhistoriques jusqu'à l'irruption d'Henri Cosquer lors de l'été 1991[1]. Cette « bulle de mémoire » nous fait toucher du doigt un passé très lointain. Les peintures, les gravures et leur contexte géologique spectaculaire font de la grotte Cosquer un ensemble particulièrement pédagogique :

Une panthère représentée dans la grotte Cosquer.

- Cette grotte ornée nous renseigne sur le peuplement de la Provence entre 30 000 ans et 15 000 ans avant notre ère.

- Comme les autres grottes-sanctuaires de ces époques, elle nous confronte aux sociétés oubliées de nos ancêtres, chasseurs-cueilleurs, en nous faisant rêver et spéculer sur leurs représentations du monde.

- Elle nous démontre, sur un exemple explicite, l'évidence d'une remontée de la mer contemporaine de l'homme, depuis 20 000 ans jusqu'à l'actuel.

- Enfin, elle nous renseigne sur les environnements de ces époques, où les conditions climatiques et la faune étaient radicalement différentes de celles que nous connaissons actuellement.

---

1. Comme l'indique François Herbaux dans son ouvrage *Nos ancêtres du Midi*, il est possible que cette grotte ait été explorée plus anciennement car la mention d'un « Lascaux sous-marin » dans les calanques a été relevée dans l'ouvrage d'un ancien médecin de la COMEX, Jacques-Henri Baixe en 1984 : *La médecine bleue*. À moins qu'il ne s'agisse de la reprise d'une indication sommaire dans un guide des plongées méditerranéennes publié par la revue *OCEANS* où le journaliste Patrick Mouton fait allusion à une bizarre rumeur de « peintures rupestres vues en infra rouge dans la grotte de la Trémie » près de Cassis, site sous-marin fouillé par Eugène Bonifay et Jean Courtin dans les années 66-69. Il est bien possible que cette grotte ait été découverte très tôt mais obstinément gardée secrète par les plongeurs (Delestre, 2021).

Le peuplement de la Provence entre 30 000 ans et 15 000 ans avant notre ère

La grotte Cosquer a enregistré le passage de deux cultures préhistoriques (27 000 et 18 000 ans avant notre ère) bien datées au Carbone 14 sur les charbons des foyers et ceux des torches, trouvés au sol et partout très abondants. Ces datations sont exprimées par les scientifiques en dates B.P. (« Before Présent », la référence dans le « présent » étant l'année 1950).

Les figurations du Gravettien, 27 000 ans avant notre ère

La fréquentation la plus ancienne remonte à 27 000 ans avant notre ère et correspond à une « civilisation » préhistorique que les archéologues désignent sous le nom de « Gravettien ». À Marseille, à cette époque, on n'avait pas encore atteint le maximum de froid de la dernière glaciation même si le niveau de la mer était déjà très bas, à environ 110 mètres sous le niveau actuel. À cette période, se rattachent les nombreux dessins de mains dessinées au pochoir (mains dites « négatives ») sur les parois, par soufflage de poussière de charbon ou d'argile rouge.

Certaines gravures sont probablement contemporaines de cette période, mais elles restent plus difficiles à dater que les peintures datables par la méthode du carbone 14.

Les dessins, en négatif, de ces mains, sont concentrés dans certaines parties de la grotte. On les trouve, surplombant le grand puits terminal nord, puits qui à l'époque, n'était pas en eau. On rencontre aussi ces empreintes de mains sur la paroi plongeante bordant la grotte vers l'est.
Ces appositions de mains gauches, sur des parois surplombant des gouffres, évoquent des « ex-voto » suggérant une possible symbolique des topographies. Ce n'est qu'une hypothèse mais ces gouffres aux fonds inaccessibles auraient en effet pu suggérer des portes vers un monde mystérieux peuplé d'esprits dont il aurait fallu se concilier la protection. Ceci n'est, bien sûr, qu'une spéculation qui vient à l'esprit quand on est confronté à l'association de ces regroupements de mains dessinées au pochoir avec des lieux de la grotte bien particuliers.
Comme pour d'autres sites de la même époque, certains contours de mains

Main « negative », aux doigts amputés, tracée au charbon.

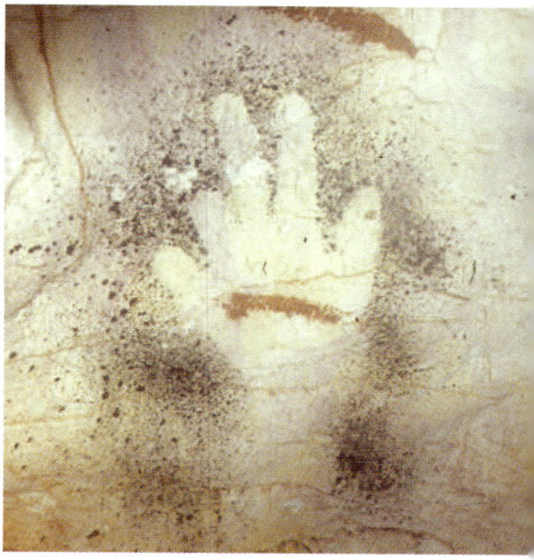

suggèrent des doigts repliés ou des mutilations. L'hypothèse de la mutilation est plausible quand on sait que cette pratique rituelle existe encore pour souligner un deuil dans certaines populations : Papous de Nouvelle-Guinée tribus indiennes d'Amérique du Nord.

Ces « mains négatives » de la grotte Cosquer, exécutées par soufflage de colorants autour d'une main gauche posée sur la paroi, ne sont pas une fantaisie artistique isolée, puisqu'on les retrouve dans d'autres sites d'Europe Occidentale (grotte de Gargas dans les Pyrénées, grotte Chauvet dans les gorges de l'Ardèche, grotte de Pech Merle dans le Lot).

Indéniablement, la « technoculture » gravettienne à laquelle ces « mains négatives » sont associées, se présente comme une vraie et grande « civilisation » du Paléolithique supérieur, avec des traits culturels et techniques communs depuis la Sibérie jusqu'à l'Atlantique. Elle se développe de 27 000 ans à 20 000 ans environ avant notre ère.

Le temps des « vénus »

C'est à cette période que remontent les célèbres statuette aux formes féminines exacerbées qualifiées de « vénus préhistoriques ». Executées en ivoire de mammouth, en argile ou en pierre, elles sont devenues célèbres depuis leurs premières découvertes en Dordogne ou en Europe Centrale.

Très tôt, on a voulu voir dans ces objets le témoignage du culte d'une divinité maternelle, voire d'un culte de la fécondité. L'étude récente des statuettes en calcaire du site gravettien de Kostienki, en Russie, a prouvé que ces petites statuettes avaient été brisées

... Le temps des « vénus »

volontairement[2] après avoir été sculptées. À partir de cette conclusion, on peut bâtir des hypothèses en mettant en parallèle ces pratiques avec les angoisses et fantasmes de morcellement auxquels sont régulièrement confrontés les psychanalystes, et qui sont en lien avec l'émergence de l'identité dans la très petite enfance. Les « venus » gravettiennes pourraient-elles alors être liées à des croyances sur le mystère de la naissance des Hommes et des animaux ? Pour l'instant aucune de ces venus gravettiennes n'a été trouvée dans la grotte Cosquer en dehors de certains signes évoquant des sexes féminins qui pourraient les évoquer.

Les figurations du Tardigravettien ou Épigravettien (18 000 avant notre ère)

La grotte est à nouveau fréquentée vers 18 000 ans avant notre ère. Cette datation nous renvoie à l'apogée de froid de la dernière glaciation, désignée par les climatologues comme le « Late Glacial Maximum » (L.G.M.). À cette époque, 3 000 m de glaces recouvraient la Scandinavie et le Canada et les plateaux continentaux, totalement émergés, étaient parcourus par les populations préhistoriques. Les icebergs dérivaient jusqu'à la latitude du Portugal et la limite des sols gelés en permanence (pergélisols) se trouvait à la latitude de Bordeaux.

C'est à cette période que se rapporte la majorité des figurations animales, peintes et gravées de la grotte Cosquer, auxquelles sont associés des signes abstraits et géométriques, plus difficiles à interpréter. On sait que ces signes abstraits sont toujours associés à l'art préhistorique paléolithique mais certains sont spécifiques à la grotte Cosquer : signes rectangulaires « en valise » ou « en enveloppe ».

2. Delphine Dupuy (2012) *L'incomplétude et le morcellement du corps féminin dans l'imaginaire paléolithique : les sculptures gravettiennes de Kostienki 1-I* (Plaine russe-22 000-23 000 ans B.P.). *In* Clottes J (Dir) 2012- *L'art pléistocène dans le monde/Pleistocene art of the world/Arte pleistocene en el mundo.* Actes du Congrès IFRAO, Tarascon sur Ariège, septembre 2010- symposium « Art mogilier pléistocène ».

J. Collina-Girard devant le panneau des petits chevaux (réalisé 18 000 ans avant notre ère).

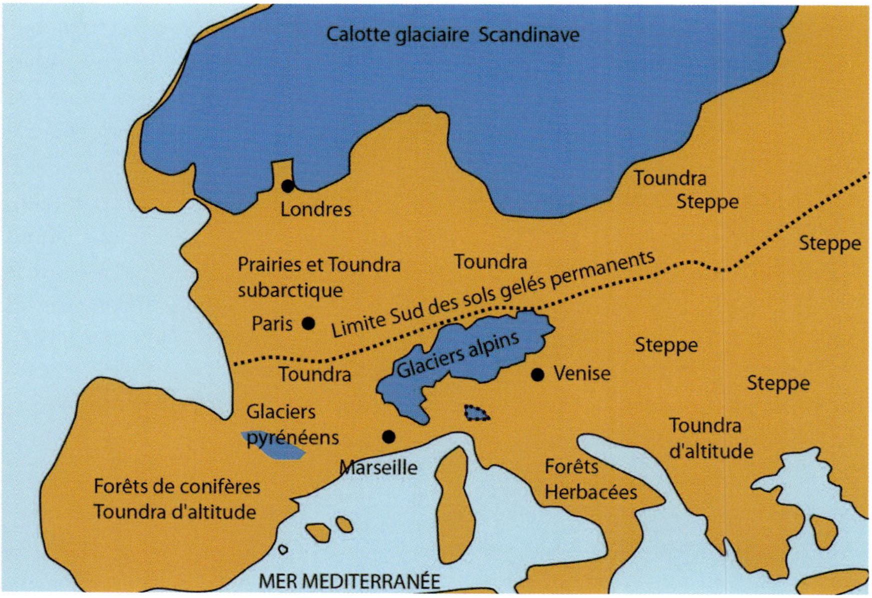

L'Europe au dernier maximum glaciaire, il y a 19 000 ans.

Bouquetin sur plafond bas, tracé au charbon (grotte Cosquer, 18 000 ans avant notre ère).

Le cheval et le bouquetin sont les animaux les plus représentés, associés à des représentations de cervidés et de bovidés (aurochs et bisons).
Certains animaux plus exceptionnels s'y ajoutent, comme le « cerf mégacéros » à la ramure et la bosse dorsale caractéristiques, et l'antilope saïga, qui parcourt encore actuellement les steppes froides du Kazakhstan.

Ce bestiaire est complété par une figuration isolée de panthère (cf. page 15) et plusieurs représentations de mammifères et d'oiseaux marins, phoques et pingouins. Le cas est exceptionnel, car classiquement, la faune marine est absente de l'art des grottes du Paléolithique supérieur sauf en Andalousie où des représentations de poissons sont attestées, près de Malaga, dans la grotte de Nerja.

Sur le plan culturel, la période pendant laquelle ces figurations animales ont été exécutées correspond, en Provence, au «Tardigravettien » ou « Épigravettien », technoculture préhistorique répandue dans le sud-est de la France et en Italie, contemporaine du Solutréen, que l'on trouve, un peu plus au nord, dans les gorges de l'Ardèche et en vallée du Rhône.

Au total, les relevés effectués ont dénombré 177 figurations animales appartenant à 11 espèces différentes : 63 chevaux, 28 bouquetins, 24 bisons et aurochs, 15 cerfs. Les autres animaux sont plus rares : 4 chamois, 2 cerfs mégacéros, un félin et une antilope saïga. Les animaux marins sont représentés par 16 phoques et 3 pingouins. Au total, la grotte Cosquer apparaît comme l'un des sites majeurs de l'art du Paléolithique supérieur européen avec les grottes de Lascaux, des Trois-Frères, Altamira et de Chauvet.

Conditions climatiques au temps de la grotte Cosquer

La faune figurée contribue à renseigner l'ambiance climatique de l'époque : l'antilope saïga est un animal qui vit actuellement dans les déserts froids de l'Asie centrale. Le bison renvoie à des environnements proches de ceux des plaines nord-américaines. Par ailleurs, les pollens extraits des foyers d'éclairage sont des pollens de graminées de steppes froides et des pollens de pins sylvestres, arbres qui poussent actuellement en moyenne montagne, vers 1000 m d'altitude.

Les conditions climatiques sur le littoral méditerranéen, balayé par le « paléo-mistral », étaient certainement un peu moins froides que sur le reste de la France mais les paysages n'étaient certainement pas méditerranéens. Les placages de sables dunaires encore adhérents par endroits aux flancs du massif de Marseilleveyre et du cap Morgiou ainsi que les nappes d'éboulis fragmentés par le gel (éboulis cryoclastiques) dans la calanque de Marseilleveyre correspondent bien à un climat mécaniquement agressif, typiquement périglaciaire. Ces vestiges sédimentologiques, recouverts par la mer et retrouvés en plongée, se sont mis en place avant la transgression marine qui a accompagné la fin de la dernière glaciation.

Grand bison tracé au charbon (grotte Cosquer, 18 000 ans avant notre ère).

L'art de la grotte Cosquer et les interprétations de l'art préhistorique

La grotte Cosquer, comme les autres grottes ornées connues, n'est pas un site d'habitat. Les hommes préhistoriques ne vivaient jamais dans les grottes profondes et s'il faut quelquefois rechercher les traces de leurs bivouacs sous les porches de grottes, ils vivaient le plus souvent dans des campements de plein air, en villages de huttes ou de tentes. C'est ce que montrent les fouilles réalisées ces dernières années, qui ont retrouvé ces sites d'habitats associés à d'énormes quantités d'éclats de silex mis au rebut avec les restes osseux des faunes consommées par les chasseurs paléolithiques.
La grotte Cosquer, où n'ont été trouvées qu'une douzaine de lames de silex perdues, est, comme les autres grottes ornées, un sanctuaire consacré à des cérémonies ou à des activités « religieuses » dont nous ignorons à peu près tout. À ce titre, l'interprétation de l'art préhistorique, fonctionnant comme les tests en taches d'encre des psychologues (test de Rorschach), en dit certainement plus sur la psychologie de nos spécialistes que sur celle des populations dont ils tentent d'atteindre les croyances, irrémédiablement évaporées.

Les parallèles avec les rares populations actuelles restées au stade de chasseurs-cueilleurs sont utiles, à condition de rester conscient qu'ils ne sont pas directement transposables 20 000 ans en arrière. On peut simplement supposer que les hommes du Paléolithique supérieur avec un cerveau construit comme le nôtre avaient des besoins psychologiques identiques, même s'ils les exprimaient certainement autrement.

Les premières interprétations de l'art préhistorique : « art pour art » et « magie de la chasse », hypothèses proposées par l'abbé Breuil avant la Seconde Guerre mondiale, ont été abandonnées et l'on pense maintenant à l'expression de mythologies parfaitement structurées. Le célèbre préhistorien André Leroi-Gourhan avait montré dans les années 1960 que le choix des animaux représentés et leur emplacement dans les grottes ornées n'étaient pas aléatoires. En tant qu'ethnologue, familier des sociétés de l'Extrême-Orient, il avait interprété ces manifestations artistiques comme l'expression d'une vision binaire du monde. Il avait imaginé qu'à la manière des très anciennes conceptions chinoises, taoïstes, du Yin et du Yang, l'expression graphique des grottes ornées était sous-tendue par l'idée d'une opposition entre « principe mâle » et

« principe femelle ». Ces deux principes auraient été représentés dans l'art préhistorique par des animaux emblématiques systématiquement opposés (cheval et bison, ou, comme dans la grotte Cosquer, cheval et bouquetin). Ces deux principes étant parfois remplacés par des figurations plus explicitement sexuelles (un phallus a été gravé dans la grotte Cosquer, où d'autres représentations pourraient correspondre à des figurations de sexe féminin).

Des pratiques chamaniques ?

L'hypothèse de rituels voisins de ceux pratiqués en Sibérie avait été évoquée par ce chercheur arguant du fait, qu'à la fin de la glaciation, les chasseurs-cueilleurs paléolithiques sont remontés vers le nord en suivant les troupeaux de rennes, et qu'ils sont sans doute les ancêtres directs des éleveurs nomades qui parcourent encore la toundra sibérienne. Ces populations d'éleveurs de rennes pratiquaient traditionnellement un chamanisme centré sur les rapports de l'homme et des esprits animaux via des chamanes initiés aux relations avec ces esprits lors de transes induites par des battements de tambour ou des décoctions de champignons hallucinogènes. Cette hypothèse d'un chamanisme paléolithique a été récemment reprise et systématisée par le préhistorien Jean Clottes, pour qui l'art préhistorique serait l'expression d'une conception du monde sous-tendue par la croyance aux esprits, où hommes et animaux, considérés comme égaux, peuvent se transformer mutuellement. En témoigneraient les figurations mi-hommes mi-animaux observées fréquemment dans l'art du Paléolithique supérieur et des signes géométriques qui évoqueraient des figures hallucinatoires ressemblant à celles rapportées par les consommateurs de drogues hallucinogènes.

Gravure d'un bouquetin (grotte Cosquer).

Dans la grotte Cosquer, une figuration pourrait correspondre à ce mélange des genres. Une gravure de phoque, allongé sur le dos, semble associée à des attributs humains : nageoire pectorale prolongée par une main et arrière-train évoquant plus un homme qu'un phoque. Pour Jean Clottes, cette représentation, recouverte de traits évoquant des projectiles, serait celle d'un « homme-phoque » rituellement tué, au moins en image.

Représentation d'un phoque dans la grotte Cosquer.

Une hypothèse intéressante, développée par le mythologue Jean-Loïc Le Quellec, est que l'art des grottes serait lié à une conception ethnographiquement bien répandue sur toute la planète. Ce « mythe de l'émergence » nous conte qu'à l'origine, les animaux et les humains, encore imparfaits et indifférenciés, vivaient sous terre et qu'ils sont, après s'être différenciés, sortis par une ouverture pour peupler le monde. Jean-Loïc Le Quellec, argumentant à partir de l'expansion géographique de ce mythe d'origine, conclut qu'il était certainement présent, contrairement aux autres histoires de création, dès la sortie des hommes modernes d'Afrique. Selon lui : « il serait le principal récit d'origine de l'humanité durant toute la durée du Paléolithique supérieur et il ne fait guère de doute que les artistes des grottes l'avaient en tête lorsqu'ils s'exprimaient sur les parois. »

Archéologie préhistorique et géologie

Le contexte géologique de la grotte Cosquer est très particulier : aucune grotte ornée n'a été découverte dans les conditions de semi-ennoiement qui caractérisent ce site préhistorique dont il ne subsiste malheureusement que le tiers supérieur. Il s'agit d'un réseau de salles et de galeries partiellement noyé par la dernière remontée de la mer, entre 19 000 et 6 000 ans avant notre ère. Cette submersion, associée à la fusion glaciaire, a ennoyé les anciennes vallées karstiques que sont les calanques si caractéristiques des paysages entre Marseille et

Cassis. Elle a aussi recouvert des paysages dont témoignent, sur le plateau continental, des formes d'érosions aériennes typiques des régions calcaires (dolines, poljés, lapiaz, grottes). C'est sur ce plateau karstique actuellement submergé qu'il faut chercher les anciennes prairies où galopaient les hardes de chevaux et de bisons observés par les chasseurs préhistoriques. Phoques et pingouins étaient alors familiers de la bordure du plateau continental, à une vingtaine de kilomètres de l'emplacement actuel de la ville de Marseille (cf. le plan page 28).

La submersion des œuvres d'art de la grotte Cosquer

Le « panneau des petits chevaux », situé dans la partie sud-ouest de la grotte, raconte une histoire où géologie et archéologie sont intimement associées. C'est une paroi verticale couverte de représentations animales : trois chevaux dessinés au fusain sont bien visibles. Ils sont accompagnés de nombreuses gravures animalières. Il y a 18 000 ans, les artistes préhistoriques ont pénétré dans la grotte en rampant dans le siphon, alors accessible. Ces chasseurs y ont pratiqué des rituels, en répandant le charbon de leurs torches partout sur le sol. Dessins, gravures et foyers sont maintenant, en partie, recouverts et effacés sous le niveau actuel de la mer. Cela démontre explicitement qu'après le départ des artistes, la mer remontante a noyé la grotte, jusqu'au ventre de ces dessins de chevaux (cf. photo page 19).

Un séisme dans la grotte Cosquer ?

À l'intérieur de la grotte, le cisaillement vertical de certains piliers stalagmitiques et le cisaillement vers le sud-est de certaines concrétions renvoient à une période de déstabilisation de l'architecture fragile de la grotte, évidée entre deux dalles rocheuses. Le plafond a glissé en direction de la mer pour des raisons de déstabilisation gravitaire, en suivant le pendage de la dalle rocheuse du plafond de la grotte. L'archéologie permet de dater cet événement, postérieur au dessin des mains négatives, affectées par la fissuration de leur support stalagmitique. Le glissement du plafond s'est donc produit postérieurement à la période de 27 000 ans avant notre ère. Certaines des concrétions cassées, tombées au sol, ont servi de support à des foyers d'éclairage qui datent de la phase récente de 18 000 ans avant notre ère. L'événement s'est donc produit antérieurement à cette date. Peut-être faut-il trouver là la cause de la désertion, relative, du site entre ces deux périodes de fréquentation ? L'hypothèse semble raisonnable si l'on imagine que les artistes de la phase récente ne sont venus fréquenter la grotte qu'après stabilisation définitive.

Mode de vie au Paléolithique supérieur

On a tendance à imaginer la vie des hommes du Paléolithique supérieur comme très proche de celle des Indiens d'Amérique du Nord avant la conquête européenne. Du moins ceux qui vivaient encore de chasse ou de cueillette et qui nomadisaient pour s'adapter aux changements de saison et aux migrations des troupeaux de grands herbivores : bisons et caribous.
Cette idée ne semble pas absurde quand on sait que les premiers Indiens sont des chasseurs préhistoriques venus de Sibérie au dernier maximum glaciaire, alors que le passage entre Sibérie et Amérique du Nord était praticable à pied sec et qu'il était possible de caboter le long des cotes en kayaks ou canoës. Dans ces régions sibériennes vivent encore aujourd'hui des populations bien adaptées au froid. Certains groupes adeptes de pratiques « chamaniques » ont un mode de vie qui rappelle les traditions paléolithiques.

Le vêtement

Les populations du Paléolithique supérieur vivaient principalement de chasse au gros gibier et de cueillette dans les rudes conditions climatiques de la dernière glaciation. Dans ces conditions, le vêtement prend de l'importance comme on a pu le constater chez les Eskimos (les Inuits) du grand nord canadien ou du Groenland, virtuoses de la couture efficace : il en allait de leur vie dans des conditions ou nous ne survivrions pas. Comme ces Eskimos, les hommes préhistoriques utilisaient des aiguilles à chas en os pour la couture. Comparables à nos aiguilles en acier, elles devaient être efficaces pour coudre les peaux d'animaux préalablement tannées pour fabriquer vestes, pantalons et bottes comme le suggèrent certaines statuettes en ivoire d'Europe centrale ou de Russie. La tombe de Sungir a montré plusieurs squelettes couverts de perles alignées montrant que les vêtements pouvaient être richement décorés. Les statuettes féminines, les fameuses vénus paléolithiques sont quelquefois surchargées d'un réseau de croisillons qui évoquent des coiffes et certaines semblent affublées de sorte de pagnes.

L'utilisation du feu

Les hommes du Paléolithique supérieur maîtrisaient le feu depuis très longtemps et savaient parfaitement l'allumer en frappant marcassite et silex pour faire tomber les étincelles obtenues sur un brin d'amadou ou une autre matière très inflammable. Dans tous les vestiges d'anciens habitats, on a exhumé des cercles de pierres entourant des os brûlés, des charbons, ou des silex éclatés par le feu. La fabrication de fours à pierres chauffées, encore pratiquée dans les îles polynésiennes, au Pérou et ailleurs, a été mainte fois démontrée dans les sites paléolithiques. La technique d'ébullition de l'eau dans des outres en peau ou des cavités naturelles en y plongeant des galets chauffés était également pratiquée.

Les habitats du Paléolithique supérieur

Les hommes du Paléolithique supérieur ne vivaient pas, comme la légende le prétend, dans les grottes. Ils pouvaient en utiliser l'entrée comme un double toit sous lequel ils montaient leurs tentes ou leurs abris. On a trouvé par ailleurs de très nombreuses traces de campements de plein air, véritables villages de tentes, bien organisés avec des secteurs spécialisés sur la taille du silex, le travail des peaux ou la cuisson des aliments et des zones d'évacuation des déchets.

Chasse, pêche, navigation et musique

La chasse au Paléolithique supérieur ne manquait pas de gros gibiers : bisons, mammouths (chassés dans les plaines d'Europe centrale et de Russie, rennes dans l'ouest et le nord de la France). Les os calcinés dans les foyers et les traces de découpes témoignent de ces chasses fructueuses. Les armes utilisées étaient des projectiles armés de pointes façonnées sur des lames habilement extraites de leur noyau de silex à l'aide de percuteurs en pierre ou de gourdins en bois de renne.
La pêche en mer au Paléolithique supérieur est encore mal connue en revanche car les sites de pêche potentiels sont noyés sous la mer à des profondeurs inaccessibles pour des fouilles archéologiques.
L'existence d'embarcation est supposée, mais non directement prouvée : pour l'instant on n'a pas trouvé de vestiges d'embarcations paléolithiques. La fréquentation attestée de beaucoup d'îles implique pourtant des voyages maritimes avec des embarcations capables de tenir la mer. Enfin, concernant la musique, on a retrouvé, dans le Gravettien bavarois, des flûtes en os d'oiseaux (les os d'oiseaux sont creux) qui prouvent que la musique existait au Paléolithique supérieur.

La tenue vestimentaire au Paléolithique supérieur -
Crédit : musée de Préhistoire des gorges du Verdon

Le niveau de la mer qui monte en Provence

À Marseille, la grotte Cosquer raconte l'histoire des artistes préhistoriques venus dessiner, il y a 18 000 ans, chevaux et bisons alors que la caverne était accessible sans matériel de plongée. Les géologues ont démontré que le niveau de la mer et le climat n'ont jamais cessé de varier tout au long de la longue histoire de la Terre et que notre paysage littoral n'existe que depuis 10 000 ans après une période très froide, celle de la dernière glaciation alors que les icebergs fondaient au large des côtes portugaises. La fin de cette glaciation a fait remonter le niveau marin de plus de 100 mètres pour atteindre un niveau proche de l'actuel au cours de l'Antiquité. Voici les grandes étapes du niveau du littoral marin autour de Marseille :

Avant l'homme, il y a 6 millions d'années : la mer à -1500 m

Il y a 6 millions d'années, à l'orée de l'apparition des premiers ancêtres communs de l'homme et du chimpanzé quelque part en Afrique, la fermeture du détroit de Gibraltar par la poussée de la plaque africaine a provoqué un spectaculaire assèchement de la Méditerranée. Ceci a entraîné une baisse du niveau

En bleu, le littoral provençal il y a 19 000 ans, au maximum glaciaire.

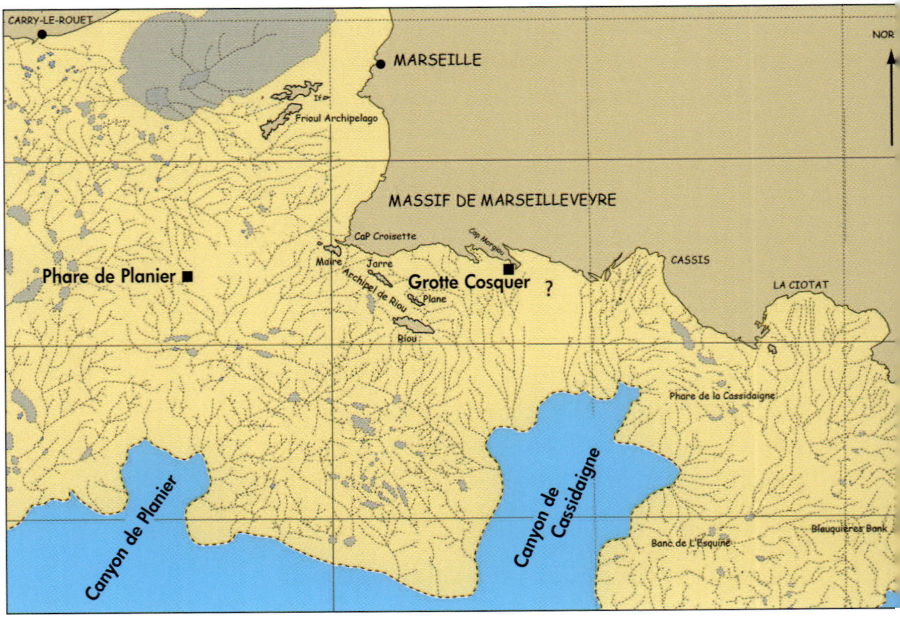

marin, estimée au moins à 1500 mètres, provoquant le creusement des profonds « canyons » de Planier, de la Cassidaigne et des Blauquières et la formation de profondes galeries, maintenant en partie immergées de Port-Miou (Cassis). Ces conditions ont cessé avec la remontée cataclysmique du niveau de la Méditerranée (la crise messinienne des géologues) avec une mise en eau brutale (moins de deux ans), il y a 5 millions d'années.

Il y a 19 000 ans, le rivage de l'ère glaciaire à – 135 m

Au maximum de la dernière glaciation, il y a 19 000 ans, les plages, lieux de prédilection des phoques et des pingouins, se trouvaient 135 m plus bas que leur position actuelle. Elles laissaient émergé la totalité du plateau continental, alors parcouru par les autres animaux représentés dans la grotte Cosquer : bisons, chevaux, antilopes saïgas et cerfs alors que les hauteurs de l'arrière-pays et celles formées par les archipels actuels du Frioul et de Riou étaient l'habitat privilégié des bouquetins.

Il y a 14 000 ans, une plage engloutie à -100 m

Le phare de Planier se situe à 13 km au large du Vieux-Port. À 6 km au sud de cet îlot, un carottage dans une ligne de talus sous-marin a permis de remonter des sables et des galets ainsi que de très nombreuses coquilles de coquillages littoraux (moules). Cette plage fossile a été datée d'il y a 14 000 ans.

Il y a environ 12 000 ans, un ancien littoral à -55 m

À -55 m de fond, les surplombs du Grand Congloué (archipel de Riou) portent encore des vestiges d'algues calcaires littorales qui y vivaient il y a environ 10 000 ans alors que la mer baignait le pied de ces falaises.

Il y a 8 000 ans, le rivage néolithique de l'île de Riou à -25 m

Un site néolithique, fouillé par Jean Courtin sur l'île de Riou, a fourni des meules en grès provenant d'un affleurement actuellement submergé à -25 m de profondeur. À l'époque où ce site, daté d'il y a 8 000 ans, était fréquenté, le niveau de la mer (situé entre -20 et -25 m) permettait encore de gagner à pied sec le littoral car les îles de l'archipel de Riou étaient reliées entre elles jusqu'à la côte des Calanques.

Le rivage de la fin du Néolithique il y a 4 000 ans, vers -10 m

Sur le littoral varois, un vase du Néolithique moyen ou supérieur (4 700 - 3 500 avant J.-C.) a été trouvé à Giens dans une zone comprise entre 3 m et 6 m de profondeur. Des traces de charbon plaident en faveur d'un objet provenant d'un niveau archéologique plutôt que d'un objet dérivant isolé.

Le rivage protohistorique d'il y a 2 500 ans à -1,25 m

Les biologistes ont pu dater, sur l'île de Port-Cros, des lambeaux de « trottoirs » algaires fossiles observés en plongée en montrant qu'il y a 2 500 ans, la mer se trouvait encore à 1,25 m sous le niveau actuel.
De nos jours, les mesures par satellites montrent que la mer continue de monter à la vitesse de quelques millimètres par an…

Le rivage actuel au niveau de l'entrée de la grotte Cosquer.

DE LA GROTTE COSQUER AU ROMAN

Tous les épisodes du roman qui suit, en dehors de l'invention d'une machine à voyager dans le temps (rêve de tout archéologue !), sont inspirés de faits réels. Ceux qui concernent la vie préhistorique sont tout à fait conformes à ce que l'on peut imaginer de la vie quotidienne de nos ancêtres.

Le climat glaciaire et la reconstitution des paysages sont tels que nous permettent d'imaginer les investigations géologiques et paléo-climatologiques.

Les fouilles archéologiques ont montré que le silex, matière essentielle pour la fabrication des outils, faisait l'objet de prospections et d'échanges sur des distances dépassant plusieurs centaines de kilomètres.

La production du feu est conforme à ce que l'on connaît par l'expérimentation ainsi que par l'observation de rares briquets à silex et à marcassite parvenus jusqu'à nous.

La vie du campement reste cohérente avec ce que nous ont révélé les fouilles archéologiques : artisans spécialisés dans la taille du silex, campements sous tentes, présence de nombreux foyers avec des restes d'animaux consommés. L'extraction de graisse depuis le traitement par ébullition des os, préalablement brisés, a été évoquée par les chercheurs à partir d'observations ethnographiques effectuées sur les Inuits de l'actuel Canada. La cuisson avec des pierres préalablement chauffées (principe du four dit « tahitien ») est bien attestée dès cette époque. La pratique de la pêche en mer décrite dans le roman a été un peu plus interpolée même si on sait que des coquillages ont été ramenés dans la grotte Cosquer alors que les représentations de phoques et de pingouins suggèrent une familiarité évidente avec la mer. Les scènes de pêche sont inspirées des pratiques de pêcheuses de moules, observées en Patagonie au XIXe siècle.

Des embarcations simples existaient certainement au Paléolithique supérieur même si les sites côtiers de ces époques nous restent pour l'instant inconnus car actuellement engloutis sous la mer.

Enfin, on pense maintenant, grâce aux études génétiques, que la domestication du chien à partir du loup remonte au Paléolithique supérieur.

Sur le plan des croyances, on sait que des cérémonies initiatiques ou chamaniques, dont on n'a pas le détail, se déroulaient dans les grottes ornées même les plus inaccessibles et qu'en aucun cas elles ne constituaient des sites d'habitat.

Dans le roman qui suit, le récit de l'exploration d'Henri Cosquer est parfaitement réaliste.

Les mains négatives rouges des hommes préhistoriques dans la grotte Cosquer.

« Le premier novice plaqua sa main gauche sur le mur calcaire et souffla le colorant à l'aide de l'os creux d'un gabian. »

La Caverne engloutie

Roman

Prologue

18 000 ans avant J.-C.

Un léger mistral soufflait sur la grande plaine qui s'étendait au pied des falaises du massif des Calanques, entre ce qui serait, beaucoup plus tard, Marseille et Cassis.

C'était il y a 20 000 ans, une période maintenant bien oubliée. Très loin, vers le sud, les longues vagues du large déferlaient sur le rivage. Un léger brouillard se levait avec le soleil, sur un paysage enneigé et lumineux.

Après l'inactivité de la nuit, les troupeaux d'herbivores, chevaux et bisons, commençaient à s'animer, rendant vie à un décor qui semblait vide de toute présence humaine.
Cette première impression était fausse, car quelque part, au pied des falaises qui bordaient la grande plaine littorale, on devinait un filet de fumée qui s'élevait le long de la paroi calcaire. Une petite brèche, celle d'une grotte, s'ouvrait, parmi d'autres, au pied de l'escarpement du cap Morgiou, masqué par un bouquet de pins sylvestres.

En contrebas, auprès d'un foyer allumé pour cette occasion, un groupe d'hommes était en pleine discussion autour de Kourt, le chaman, personnage respecté de la tribu. Celle-ci s'était établie là, après une longue

errance depuis les plaines à mammouths qui s'étendaient au Nord pour se fixer à proximité d'une mer, pourvoyeuse de poissons et mammifères marins.
La luminosité ambiante et le climat plus tempéré avaient convaincu la tribu de s'installer ici, dans ces paysages grandioses parcourus par un gibier abondant, entre rivages et montagnes.

Ce groupe en pleine discussion n'était pas réuni ici par hasard. Un jeune chasseur, auquel on avait donné le nom de Mik le Noir, harcelait depuis des mois Kourt le chaman avec des questions parfois inopportunes que ce dernier accueillait avec bienveillance, car elles montraient chez ce garçon une intelligence et une curiosité hors du commun. Il lui avait confié qu'il était saisi parfois d'un « sentiment étrange d'exister » dans un vaste monde qui le laissait profondément interloqué. Il comprenait de plus en plus mal la violence des comportements de ses semblables, qui se développait dans une société jusqu'ici en parfait équilibre avec la nature ambiante comme elle devait l'être selon les mythes admis depuis des temps immémoriaux.

Alors que les grands troupeaux semblaient se raréfier dans la région et que le climat se réchauffait légèrement, les esprits s'échauffaient de plus en plus fréquemment au sujet d'un changement de société, devenu inéluctable depuis que certains évoquaient la nécessité de se rendre maître de la nature en contrôlant, par la domestication, animaux et plantes.

Petit à petit, tenaillé par ces angoisses existentielles, Mik s'acheminait vers une quête susceptible de le conduire à une vérité ardemment désirée… à la seule condition que Kourt accepte de le guider et de l'initier aux mystères du monde. Il imaginait qu'il trouverait ainsi la clé cherchée frénétiquement, avec toute l'énergie de son désespoir latent, pour rassurer ses inquiétudes.

Les membres les plus influents de la tribu étaient maintenant réunis pour statuer sur son sort : Kourt, avec ses vêtements en peaux de phoques soigneusement tannées, ornés de perles en coquillage ; Pê-Jy, le maître du silex, seul capable de tirer de la roche les magnifiques pointes indispensables pour armer sagaies et autres projectiles ; Bêk, le pragmatique, qui ne croyait pas aux esprits et était toujours de bon conseil pour prendre des décisions avisées ; les deux magiciennes, Fahn et Fêh, moins rationnelles, mais plus justement intuitives, qui avaient la réputation de dialoguer avec l'invisible. Elles connaissaient les techniques pour tirer intelligemment parti des augures.

Mik ne s'était jamais résigné à abandonner sa quête : Kourt, qui voulait tester la sincérité de ses motivations, allait finalement l'amener vers l'initiation suprême. Cette initiation, qui faisait trembler les futurs initiés, se passait traditionnellement dans les entrailles de la Terre, dans les tréfonds de la grotte nichée au pied de la falaise.

Mik avait toujours été marginal et atypique. Cela pouvait s'expliquer par une histoire hors du commun. Arraché tout petit à sa famille par un groupe tribal jusque-là inconnu, à l'occasion d'une razzia conduite dans la direction du soleil couchant, il avait été ramené au camp comme esclave avant d'être finalement adopté après avoir appris les manières et les codes de sa nouvelle tribu. C'est sans doute cette histoire particulière qui avait causé la sensation de manque et de vague angoisse le tenaillant depuis sa petite enfance, et qui l'avait poussé à rechercher la clé de son malaise. Il espérait tout de Kourt et de son savoir : cela devait lui permettre de comprendre le présent et mieux appréhender le futur.

Kourt finit par accepter d'assumer la charge de ce novice. La tâche s'annonçait difficile et il lui fallait, pour cela, prendre l'avis d'autres personnages importants de la tribu.

Pê-Jy s'engagea à l'initier aux mystères de la taille du silex. Par un long entraînement, il allait apprendre à s'identifier au matériau taillé, afin de saisir où devait frapper son percuteur et de prévoir le cheminement de l'onde de choc. C'était un excellent exercice qui, en plus d'un apprentissage technique, avait des vertus spirituelles en illustrant la nécessaire purification des pensées avant de se consacrer à l'essentiel.

Bêk, le sceptique, promit de lui apprendre à penser par lui-même sans tomber dans la croyance aveugle aux assertions extérieures.

Les deux magiciennes, Fahn et Fêh, promirent de lui apprendre les rudiments de la consultation intelligente des augures. Ce n'est qu'à ce prix qu'il pourrait acquérir une vision de lui-même purgée du passé et de l'avenir. Il lui faudrait écarter les esprits non conjurés qui animaient les actions incompréhensibles de la plupart de ses contemporains. Cette quête allait se dérouler sur plusieurs plans temporels, présents et futurs, éternellement liés par une clé qu'il lui faudrait trouver.

Les deux magiciennes le menèrent dans un premier temps à une vingtaine de kilomètres vers l'est, près d'une source qui jaillissait du sol. Il s'agissait d'un véritable fleuve souterrain, issu du monde des esprits, qui se déversait dans un bassin aux eaux tranquilles. On lui présenta un mystérieux breuvage, une décoction de plantes dont seules Fahn et Fêh connaissaient la magie. Elles y avaient ajouté la membrane noire que l'on trouve à l'intérieur de l'estomac de certains poissons qui, comme la saupe, se nourrissaient d'algues hallucinogènes susceptibles de déclencher des visions de choses normalement invisibles.

Mik absorba le breuvage noirâtre et tiède avant de s'assoupir et de rêver à un avenir lointain où des hommes et des femmes, bizarrement accoutrés, s'activaient pour creuser le sol comme s'ils cherchaient à le rejoindre... Cela le projeta à plus de 20 000 ans de son quotidien, dans un paysage et une société qui lui rappelaient, par certains côtés, le présent, mais qui étaient, pourtant, profondément différents.

I

9000 ANS APRÈS J.-C.

LE MANUSCRIT DE LA BUTTE SAINT-CHARLES

L'homme avait depuis longtemps colonisé toute la galaxie, mais la Terre originelle n'était pas tout à fait oubliée. En 9000 après J.-C., elle demeurait un centre d'intérêt, au moins pour les archéologues. Cette année-là, une expédition s'y était rendue pour effectuer des fouilles archéologiques sur le territoire d'une métropole, qui, d'après les érudits, se nommait jadis *Massalia*, ou Marseille. Il s'agissait, pour les chercheurs, d'étudier des niveaux archéologiques précisément datés de l'année 1991, période encore mal connue des préhistoriens du septième millénaire.

Ce que l'on savait des habitants de cette ville antique, c'est qu'ils avaient traversé la révolution informatique des années 2000. Comme dans les autres grandes agglomérations, la plupart avaient vécu dans des édifices bétonnés.

Pour les archéologues, les fouilles dans des bâtiments en ruine étaient une prouesse technique qui exigeait une maîtrise hors du commun des lectures stratigraphiques.

Frøydis Pantoni, la responsable du chantier, était sur place depuis une quinzaine de jours. Quinquagénaire épanouie, elle plaisantait joyeusement avec ses étudiants. Avec eux, elle tentait de lever, non sans difficultés, le plan des vestiges récemment mis au jour. Soudain, quelque part à la périphérie du chantier, retentit une exclamation de surprise. Suzana, une brillante étudiante originaire de Poméranie, venait d'exhumer un étrange objet. Tous se regroupèrent autour d'elle. Cela ressemblait à un coffre en acier encore fermé, mais quasiment intact.

On entreprit, avec les plus grandes précautions, de sortir le coffre de sa gangue argileuse. Tout bien considéré, il s'agissait d'un cube, très lourd, d'un mètre de côté environ.
« On dirait le monolithe du film de Stanley Kubrick, *2001*, plaisanta Frøydis.
– Sauf que ce monolithe est "kubic" », répondit l'étudiante, risquant un jeu de mots renforcé par son accent.
Transporté dans la tente qui faisait office de laboratoire de chantier, où travaillaient quelques fouilleurs, l'objet improbable suscita le plus vif intérêt. On força le couvercle, qui s'ouvrit dans un grincement prometteur. La lumière tomba sur son contenu : des disquettes en matière plastique métallisée, objets rarement conservés. Soigneusement rangés, ces primitifs supports informatiques de textes d'un monde révolu constituaient un véritable trésor historique, un message du passé, parfaitement protégé des atteintes du temps. Cette trouvaille exceptionnelle allait, à coup sûr, révolutionner nos savoirs, pour l'instant indigents, sur une période trouble et attachante de l'histoire de l'humanité indissociable de découvertes capitales, mais aussi de crises de société majeures. Cette période avait précédé la grande révolution de la psychanalyse, qui avait élucidé les mécanismes, encore inconnus, de la cognition humaine, percées scientifiques qui ne furent vraiment développées que 5 000 ans plus tard.

Fort heureusement, la compréhension des langues et du langage informatique de cette époque par des savants, serviteurs assidus de la science, avait déjà permis de déchiffrer de nombreux documents exhumés.
Les premiers archéologues épigraphistes s'étaient d'abord passionnés pour les graffitis, encore lisibles sur les anciennes constructions maintenant écroulées. Ces spécialistes s'étaient longtemps tapé la tête contre ces murs couverts de signes, qu'ils avaient ensuite décryptés avec beaucoup de difficultés. Cela les conduisit à qualifier cette période de « civilisation des tags », nom des inscriptions sur les murs qui avaient enregistré les préoccupations les plus prosaïques des habitants de l'époque. On s'aperçut plus tard, les progrès de la science aidant, que ces inscriptions émouvantes en écriture dite « démotique », exprimant les désirs et le désespoir d'un bas peuple des rues par ce langage abâtardi, n'avaient pas grand-chose à voir avec les textes, plus sophistiqués, que l'on pouvait trouver dans les bibliothèques. Ces derniers documents informatisés, fraichement exhumés, avaient mobilisé nos érudits sommés de remettre

à jour des logiciels primitifs échafaudés sur des bases algorithmiques maintenant oubliées.

Certains savants n'avaient pas été rebutés par cette tâche impossible puisqu'ils s'étaient, à Marseille, spécialisés dans le décryptage de ces documents. Deux spécialistes, Jean-Isidore Duvernier et Christophe Bourrichon, s'étaient rendus maîtres de cette aventure scientifique : tels les moines bénédictins de l'antique Moyen Âge, ils avaient réussi, véritables Champollion modernes, à décoder ces langages oubliés. Jean-Isidore Duvernier avait déjà une réputation bien assise et chacun avait pu le remarquer, arpentant assidûment les bibliothèques de sa démarche humble et discrète, un tantinet féline, alors qu'il guidait son élève Christophe Bourrichon, tel Thésée perdu dans le dédale des rayonnages. Depuis quelque temps, ce brillant élève traînait péniblement la patte, triomphant de son handicap par une volonté sans faille. Ce jeune savant plein de promesses qui, en dehors d'une érudition encyclopédique, était aussi un athlète complet, souffrait en effet d'une mauvaise fracture, encore mal réduite, due à un accident de trottinette. Ces deux spécialistes, formant une équipe efficace, se faisaient fort de restituer à la communauté scientifique une version traduite en un langage plus moderne de ces textes exhumés de leurs disquettes. Ces précieux écrits allaient enfin être réveillés, comme de nouvelles « belles au bois dormant », par nos deux compères, pour nous restituer des événements oubliés depuis la nuit des temps. C'est en effet à ces deux savants de Marseille aux yeux rougis par l'étude que l'on allait devoir, après des nuits de labeur exténuant et ingrat, la traduction d'une chronique dont l'auteur restera sans doute, comme Homère, éternellement inconnu.

Ce témoignage, tiré de documents exceptionnellement conservés, est unique au monde et il évoque des découvertes archéologiques improbables dans un contexte de crise sanitaire inédit.

Depuis la publication de cette traduction par Jean-Isidore Duvernier et Christophe Bourrichon[1], les débats entre les spécialistes sont restés

1. BOURRICHON Christophe et DUVERNIER Jean-Isidore – *Marseille ville morte, la peste de 1991 dans son contexte archéologique*. Éditions de la Butte Saint-Charles, 9005, Marseille.

houleux. Certains soutiennent encore que ces histoires invraisemblables relèvent de la pure fiction, et que l'auteur a tout inventé. D'autres, exprimant leur confiance envers ces écrits émouvants, considèrent que les événements relatés ont réellement eu lieu, et qu'il faut tout prendre au pied de la lettre. Les derniers, enfin, restés prudents, avancent l'idée raisonnable que sous un développement fictionnel réside un noyau historique d'événements qui se seraient réellement passés, puis auraient alimenté, au fil des générations, ces légendes troublantes exhumées des abîmes du temps. Le lecteur de ces chroniques immémoriales, maintenant restituées sur papier, tentera de se faire sa propre opinion sur la réalité des événements qui y sont relatés.

Selon les estimations des spécialistes, fondées sur le style du récit et le caractère primitif des supports informatiques utilisés, les faits se seraient déroulés sur une période approximativement située (avec une précision de + ou – 10 ans) entre les années 1980 et 1991. Pendant cette période clé, plusieurs événements chronologiquement disjoints se seraient retrouvés liés. À la manière des chocs interconnectés des boules du jeu de billard, ces aventures indépendantes auraient alors amené sur le tapis du destin la très curieuse épidémie virale dont le souvenir est miraculeusement parvenu jusqu'à nous.

La campagne de fouille était pliée pour Frøydis Pantoni, qui disposait maintenant de la traduction intégrale des textes gravés dans les disquettes. Le dossier transmis par Jean-Isidore Duvernier et Christophe Bourrichon était dorénavant enregistré sous le nom du « Manuscrit de la butte Saint-Charles », lieu où il avait été exhumé, à côté des vestiges de l'ancienne gare ferroviaire de Marseille bien connus des touristes. Il promettait d'être riche en enseignements exceptionnels et Frøydis se faisait maintenant une joie de se plonger, toutes affaires cessantes, dans ces témoignages oubliés. La publication soigneuse de ces textes leur promettait une gloire scientifique certaine dans le monde académique déjà mis en ébullition par cette découverte. Chacun s'impatientait et certains, mal intentionnés, critiquaient la méthodologie des fouilles, contestant ainsi la valeur du manuscrit. Ils attendaient Frøydis au tournant, à l'affût du moindre faux pas, par jalousie et dans l'espoir de s'immiscer dans un succès inévitable. Toujours sereine et imperturbable, elle réagissait à ces critiques par le proverbe populaire : « Les chiens aboient et la caravane passe ». Cet aphorisme étant exprimé avec son flegme scandinave, et un accent méridional marqué qui jurait avec un physique hérité de ses origines norvégiennes.

Fascinée par le manuscrit qui relatait les problèmes et les espoirs des habitants de cette Pompéi du XXe siècle, Frøydis se trouva absorbée par les événements qui s'étaient déroulés autour de la butte Saint-Charles à l'époque très lointaine de l'année 1985, comme l'attestaient sans ambages les datations obtenues sur le site. Le texte qu'elle avait maintenant en main, soigneusement décrypté par les philologues, présentait encore quelques difficultés de lecture nécessitant de bonnes connaissances du langage de cette époque, déjà considérablement perverti par la contamination lexicale d'un anglais populaire, voire argotique. Il en résultait un jargon rendant certains points encore obscurs. Heureusement, les éclairages apportés par Jean-Isidore Duvernier et son élève, Christophe Bourrichon, lui permirent de dépasser ces difficultés. Son passé familial jouait pour elle, car son enfance avait été baignée entre le norvégien maternel et le finnois paternel. Au terme d'un labeur acharné, Frøydis et nos deux philologues avaient pu proposer une traduction complète. Toujours soucieuse de pédagogie, Frøydis en proposa bientôt une version grand public suffisamment explicite pour être comprise par tout un chacun.

Cette traduction libre avait permis de retrouver une clé perdue des comportements humains depuis l'origine de l'humanité : le savoir des anciens allait peut-être permettre une révolution imprévue chez les modernes...

Au cours de longues discussions, Jean-Isidore Duvernier et Christophe Bourrichon avaient démontré que ce texte, par certains côtés hétérogène, amalgamait plusieurs chroniques interdépendantes. Frøydis, qui connaissait parfaitement la littérature classique scandinave, comparait ce manuscrit aux sagas islandaises racontant la vie et les hauts faits de héros oubliés.

II

La curieuse épidémie de l'année 1985

Frøydis avait du mal à trouver le sommeil. Elle était très occupée par la fin, dans quelques jours, de la campagne de fouilles, par le rangement et les formalités administratives sans fin. Incapable de rester plus longtemps inactive, elle se leva pour jeter un coup d'œil au volume abandonné sur son bureau depuis la veille. Après avoir tourné l'ouvrage dans tous les sens, elle s'installa confortablement pour se plonger dans la *Saga du Chronoscaphe*, qui la projeta dans l'histoire d'une curieuse épidémie…

****

****

Les curieux événements qui font le sujet de cette chronique se sont produits en 1985, à Marseille. De l'avis général, ils n'y étaient pas à leur place, sortant un peu de l'ordinaire. À première vue, Marseille n'est, en effet, rien de plus qu'une agglomération de la côte méridionale française. Le matin du 16 avril, le docteur Mikael Barokian sortit de son laboratoire d'archéologie préhistorique et buta sur un rat mort, au milieu du palier. Il écarta la bête sans y prendre garde et descendit l'escalier. Mais arrivé dans la rue, il se dit que ce rat n'était pas à sa place et il retourna dans le bâtiment pour prévenir le concierge, qui pensa à une mauvaise farce d'étudiants. Le soir même, en rentrant chez lui, notre savant fut surpris par d'affreux couinements provenant de deux rongeurs en plein combat, avec force griffures et morsures. Le vainqueur surgit du fond obscur du corridor. C'était un gros rat à la démarche incertaine et au pelage mouillé. La bête s'arrêta, sembla chercher un équilibre, s'élança vers le docteur, s'arrêta encore, tourna sur elle-même avec un petit cri et tomba enfin en rejetant du sang par ses babines entrouvertes. Ce n'était que le début : dans toute la ville, les rats, semblant pris de folie, remontaient en masse des caves et des égouts pour s'affronter au grand jour dans ce qui ressemblait à une épidémie de combats meurtriers et autodestructeurs, inhabituels chez ces malheureux rongeurs.

La première mention d'une contamination de l'homme par le rongeur fut le cas du placide capitaine du Ferry Boat[2]. Pris d'un inexplicable accès de colère, il fit mine d'occire un passager qui ne circulait pas assez rapidement vers l'avant. Levant les bras au ciel, il avait traité le malheureux, de « mécréant » tout en le menaçant de mort, au cri de « Allah Akbar ». La police, alertée, mit le forcené, que l'on ne soupçonnait aucunement de s'être converti, sous camisole. La fièvre de ce comportement pas très catholique retomba assez rapidement, sans qu'aucune explication ne puisse être évoquée pour expliquer ce déraillement.

Le lendemain, on signala dans la ville, mais aussi dans le reste de l'Hexagone, une épidémie d'affrontements assassins sous de fallacieux prétextes religieux. Les forces de police étaient débordées, alors même qu'elles étaient dirigées de main de maître par de véritables stars des enquêtes policières.

Les autorités médicales, enfiévrées par ce défi scientifique, soupçonnaient de plus en plus l'effet d'un virus passé de l'animal à l'Homme... Pourtant, la consommation du rat dans les communautés exotiques avait été définitivement écartée par les services d'hygiène de la municipalité. On s'aperçut que cette hypothèse, peu sérieuse, avait été évoquée à la suite de dénonciations anonymes, probablement avancées, sur le Vieux-Port, par quelques poissonnières jalouses n'ayant pas digéré le succès mérité des restaurateurs asiatiques. Tout cela n'était que les prémices d'une épidémie qui laissait les autorités médicales totalement démunies.

Il fallait bien accepter l'évidence : l'humanité, tétanisée, semblait sous

---

2. À Marseille, la navette maritime du Ferry Boat, rendue célèbre par les films de Pagnol (la trilogie *Marius, Fanny, César*) et bien connue des touristes, permet de traverser le Vieux-Port entre le bar de la Marine et la mairie.

l'emprise d'un virus désigné par les fameux laboratoires du groupe R. G. comme le « virus qui rend fou ». Dans le langage médiatique, on parlait, plus volontiers, du virus P.L.M.85, qui signifiait simplement « Pousse-toi de là que je m'y mette ». Cette expression familière, mais imagée, avait au moins le mérite de décrire parfaitement le symptôme le plus clair de l'atteinte virale. Chacun se confrontait violemment à ce problème pour en trouver le remède, car les enjeux sociétaux étaient incommensurables.

La situation se compliquait d'autant plus que les spécialistes, à leur tour touchés par cette malédiction, se crêpaient mutuellement le chignon. Médecins, journalistes ou simples citoyens, tous semblaient sous l'influence d'un grain de folie qu'aucun traitement ni vaccin ne soignait... Chacun semblait ne penser qu'à clouer le bec à ses voisins ! On s'interrogeait en vain sur ces déchaînements de passion égocentrée dont personne ne trouvait la raison.

Les rares médecins restés lucides, formés exclusivement à la biologie, tâtonnaient à l'aveuglette, s'arrachant les cheveux sans rien y comprendre.
Une lueur dans cette obscurité vint, contre toute attente, de l'éclairage des éthologues[3], par l'entremise de Typhaine Lagrand, dynamique directrice d'un célèbre laboratoire strasbourgeois, qui se penchait, depuis longtemps, sur les arcanes du comportement animal. Ses travaux, conduits avec passion, avaient, magistralement et successivement, débrouillé les relations sociales complexes des chimpanzés puis des anatidés[4]. Notre spécialiste, au vu de l'urgence de la situation sanitaire, avait alors d'autres chats à fouetter. Elle en perdait le sommeil, totalement absorbée par la vague épidémique qui ravageait les rats de la cité phocéenne, avec des ponts de contaminations de plus en plus évidents vers l'espèce humaine.

L'analyse de Typhaine conclut, après de minutieuses et systématiques observations de terrain, que le virus fatal induisait une anormale avidité pour le pouvoir, touchant préférentiellement les rongeurs mâles. Dans les

3. L'éthologie est la science qui étudie le comportement animal.
4. Le groupe des canards et autres oiseaux apparentés.

cas les plus graves, cette soif de domination, anormalement exacerbée, pouvait aller jusqu'au meurtre.

Transmis à l'homme par les puces, le nouveau virus avait pour effet de faire gonfler d'importance les victimes infectées. Les malades avaient alors tendance à développer des œdèmes handicapants, localisés autour de la tête et des chevilles. Tous ces symptômes, en apparence anodins, souvent passés inaperçus, étaient associés à des tendances à la domination plus ou moins revendiquées. Dans les cas les plus graves, ces tendances évoluaient inexorablement vers des pathologies criminogènes susceptibles de faire le lit d'affrontements physiques.

Les autorités universitaires et du CNRS avaient réagi, mais un peu tard, en imposant des mesures prophylactiques de dépistage systématique chez les chercheurs, les techniciens et autres universitaires, populations à risques qu'il fallait protéger. On veillait à mesurer régulièrement et systématiquement les fluctuations des périmètres crâniens, même chez les sujets asymptomatiques, car le virus n'épargnait personne et pouvait transformer l'agneau le plus doux en féroce carnassier.
Faute de vaccin, la solution définitive n'était pas encore en vue, mais on sentait que la science progressait par d'imprévisibles sauts de puce.

La situation était vraiment très préoccupante pour la communauté scientifique, qui avait attribué le prix Nobel et les Palmes académiques à Typhaine pour récompenser ses travaux sur les anatidés. Ainsi encouragée, mais toujours aussi modeste, notre éthologue passionnée, en véritable limier, conduisait ses recherches dans le monde entier et dans des conditions difficiles, depuis les déserts inter-tropicaux jusqu'aux jungles équatoriales, puis rapportait ses sagaces observations. Gardant l'espoir de contrer la pandémie devenue planétaire, elle testait, par la même occasion, l'hypothèse sans cesse rabâchée du récent réchauffement climatique, soupçonné de remettre au jour des pathologies oubliées dans les pergélisols de la dernière glaciation.

La presse people et les magazines féministes s'interrogeaient sur les succès de cette avenante créature au physique de top model, mais à la personnalité bien trempée par les froidures du rude climat alsacien. Étions-nous enfin sur une piste sérieuse, levée par cette incarnation d'un féminisme triomphant, pour mettre fin aux désordres sociaux induits par la maladie ?

La population de la métropole marseillaise subissait de plein fouet cette infection. Les marabouts africains, penchant pour une malédiction d'esprits offensés, promettaient une guérison immédiate par des consultations téléphoniques ou Internet. Une foule muselée errait, accablée, dans une ville déserte. Ces malheureux confinés, seulement autorisés à promener leurs chiens sans muselière, n'avaient trouvé que ce moyen pour contrer les interdictions de mettre le nez dehors. Le prix du caniche de location atteignit alors des sommets !

Pendant que des désespérés aéraient leur anxiété grâce à ces secours canins, un drone de la police planait au-dessus du Vieux-Port, rappelant à l'ordre une petite dame qui serrait sous son bras quelques rouleaux de papier toilette. Se hâtant vers son domicile en tractant son chihuahua, elle passa devant le bar de la Marine[5] où elle fut interpellée par deux SDF ivres de gel hydroalcoolique. Accompagnées d'un berger belge sans muselière, ces deux épaves de la société l'invectivèrent en allemand. Malheureusement, ces manifestations d'inconduite devenaient de plus en plus virales et, à la longue, insupportables !

La situation, jusqu'alors préoccupante, devenait désespérante ! La dame au papier toilette, à bout de nerfs, se demanda s'il existait encore un havre de paix et de quiétude dans la grande cité phocéenne frappée de plein fouet.

Certains suggéraient que l'origine du problème devait se trouver quelque part dans le passé, évoquant la malédiction de la tombe de Toutankhamon. Il fallait certainement examiner de près les événements qui avaient précédé la catastrophe et l'apparition de l'épidémie. L'espoir de déterrer la clé de la pandémie, enfouie quelque part, commençait à s'instiller dans les esprits d'une population de plus en plus déboussolée. On préconisa de s'adresser aux archéologues, familiers de ce genre d'activité compulsionnelle, pour déterrer enfin cette bulle de mémoire oubliée dont chacun pressentait confusément l'existence.

5. Célèbre bar du Vieux-Port, immortalisé par le film de Pagnol *Marius*.

III

1985

Clés perdues et clés retrouvées
Marlène pressent une piste

La pie voleuse

Marlène se hâtait sans lâcher la poussette de son bébé. La jeune femme, statisticienne de son état, participait activement aux recherches novatrices du renommé Laboratoire d'Archéologie Préhistorique, situé à Marseille et dirigé par le célèbre professeur Mikael Barokian.

Étouffée par la pesante chape du confinement tombée sur la ville, la jeune mère, légalement muselée et provisoirement libérée par une autorisation de sortie en bonne et due forme, avait décidé de s'offrir une pause. Il lui fallait respirer et aérer son bébé à la faveur d'une balade dans les jardins du palais Longchamp[6]. Cela permettrait par la même occasion de promener Jojo, le sympathique canidé du laboratoire, qui partageait avec ses archéologues de maîtres la même addiction aux vieux os.

Marlène s'installa sur un banc, placé là à l'intention des mères de familles et autres promeneurs. Pendant que Jojo gambadait joyeusement en faisant bruisser les feuilles mortes, le bébé jouait inlassablement avec son hochet préféré, un vieux bouchon de liège tenu par un bout de ficelle.

---

6. Le palais Longchamp est un monument du centre-ville de Marseille entouré d'un jardin public.

Cette parenthèse de tranquillité permettait à la jeune femme de parcourir, en diagonale, les gros titres de la feuille de chou locale oubliée sur le banc.

D'habitude, cette gazette ne parlait que de chiens écrasés, mais aujourd'hui, le journal se piquait de culture scientifique en publiant un article de fond. Il s'agissait de l'application par les services de la mairie de Marseille d'une nouvelle découverte sur le comportement animal. L'étude avait été réalisée à Strasbourg, dans le laboratoire d'éthologie de la célèbre Typhaine Lagrand qui, après de longues observations diurnes et nocturnes des allées et venues des corvidés, avait réussi à dresser ces oiseaux intelligents à ramasser les vieux mégots dans les jardins publics.

« Incroyable ! » se dit-elle. En effet, les progrès de la science ne la laissaient pas indifférente même s'il ne s'agissait pas ici directement de sa discipline.

Poursuivant sa lecture, elle apprit que tout travail méritant salaire, ces corvidés mués en éboueurs municipaux obtenaient, s'ils déposaient les déchets dans une machine prévue à cet usage, de succulents vers de farine. Le journal présentait en détail le plan de l'étonnante machine où, derrière une fenêtre vitrée, s'agitaient les récompenses promises. Les pies, fort intelligentes, avaient vite compris où déposer le répugnant objet chargé de nicotine et de salive mal séchée. Un entonnoir en matière plastique était le réceptacle où la chute de chaque mégot, passant devant un rayon laser, actionnait automatiquement une succession de manettes et d'engrenages déclenchant, pour finir, un ressort qui catapultait d'un coup sec un des vers de farine sur une petite assiette placée à l'extérieur. La victime présentée joliment et gigotant sans espoir était ainsi promise à l'appétit de l'oiseau éboueur, récompensé de son zèle nettoyeur.

« Pas possible ! Je voudrais bien voir ça ! Ah, c'était donc ça ! Je me rappelle maintenant ce bizarre appareil sur lequel Jojo a levé la patte avant que nous nous installions... Et je comprends mieux cette file d'oiseaux alignés. » Effectivement, totalement disciplinée et faisant le pied de grue, une ribambelle de pies formait une interminable queue devant ce qui était bien la matérialisation de l'engin décrit en première page.

L'article ne tarissait pas d'éloges sur l'ingéniosité de Typhaine Lagrand, déjà célèbre pour avoir compris et décrit l'étiologie du virus et ses effets destructeurs sur la psychologie humaine, même dans le cas de victimes remarquablement équilibrées. L'article racoleur était illustré par une photographie de Typhaine, prise selon un angle choisi pour mettre en valeur son meilleur profil. L'oiselle, en plus de ses qualités scientifiques, était en effet de toute beauté et faisait régulièrement la une de tous les magazines.

Justement, une pie voletait à proximité. L'oiseau ne paraissait nullement intimidé par Jojo, occupé à courir gaiement après une feuille emportée par le vent d'automne.

Quand le volatile fit mine de subtiliser le hochet du bébé, le sang de Marlène ne fit qu'un tour et elle fut prompte à réagir : mue par un réflexe de protection maternelle, elle envoya son trousseau de clés, alourdi par son porte-clés fétiche en forme de tête de cheval, imaginant ainsi effrayer et faire fuir l'oiseau de malheur.
Contre toute attente, la pie voleuse, nullement intimidée, se saisit du lourd trousseau pour s'envoler, au grand dam de notre dame aux clés qui s'égosillait sans résultat en poussant des cris d'orfraie... Malheureusement, ce fut en vain puisque l'indispensable objet avait déjà été englouti par la machine municipale, en échange de la gourmandise promise à l'oiseau fonctionnaire.

Incapable de récupérer son bien pour remettre en marche son véhicule garé plus loin, elle dut se rendre à pied aux locaux des services de la municipalité. Après une longue attente au guichet sollicité, on lui proposa de rédiger une déclaration, sur papier libre, en trois exemplaires, avec la promesse de recouvrer ses clés dans la quinzaine qui suivrait... Elle fulmina derrière la vitre qui la séparait de l'exaspérant préposé aux réclamations. Cette fée du logis était en effet fort têtue, aussi têtue que les faits statistiques qu'elle manipulait fort savamment dans les cogitations mathématiques où elle s'absorbait avec passion.

La journée bien commencée se finissait très mal. Marlène, en soupirant, retourna se réfugier dans le havre de paix de son laboratoire où s'activaient de studieux étudiants, qui transformaient ces locaux impeccablement tenus en une ruche silencieuse. Raconter ses déboires à ses collègues de travail la soulagerait certainement. Fanny, sa collègue généticienne, était toujours à l'écoute de ses petits malheurs ; Raymond, géoarchéologue[7] spécialiste des argiles et imperméable à ce qui ne relevait pas de la science, se laisserait sans doute aller à un de ses célèbres couplets indignés sur les insuffisances de nos fonctionnaires démobilisés par des tâches sans intérêt. Marlène se consolait à l'idée de la soirée à venir qu'elle occuperait à dorloter son bébé, centre de ses préoccupations du moment. Ce mignon bambin, certainement promis à un avenir prestigieux, achèverait de faire oublier à la mère modèle ses petits malheurs.

Une pluie fine n'arrangeait pas son pessimisme, car elle avait oublié son parapluie dans son véhicule. Elle médita sur l'importance de ses indispensables clés perdues. Elle se demanda au passage si quelqu'un pourrait retrouver un jour la clé de cette malédiction épidémique, dont les conséquences s'avéraient de plus en plus catastrophiques…

---

7. La géoarchéologie est l'étude géologique des sites archéologiques.

IV

1985

Laboratoire du professeur Barokian

Les étés indiens des années précédentes étaient bien oubliés, car, depuis un mois, le temps toujours à la pluie semblait complètement déréglé. Ces inquiétudes climatiques faisaient la une d'une presse relayant les propos des autorités scientifiques et politiques. On s'inquiétait au gouvernement des conséquences de l'épidémie sur l'économie touristique et hôtelière. Les plus pessimistes, ramenés aux angoisses de l'an mil, évoquaient un probable avenir cataclysmique sur la foi de certains modèles informatiques alarmants élaborés par les plus grandes autorités scientifiques.

Le docteur Mikael Barokian, professeur de préhistoire à la renommée internationale, dirigeait le L.A.P. (Laboratoire d'Anthropologie et de Préhistoire). Il n'était pas superstitieux, même quand sa compagne, d'origine vietnamienne, lui fit remarquer que l'année 1985 correspondait à l'année chinoise du buffle et que la vague d'épidémie de ces dernières quinzaines perdurerait probablement jusqu'au printemps suivant, début de l'année du tigre. Il balaya d'un geste de la main ces fadaises exotiques pour le moins douteuses. « Si nous étions au bord du gouffre, nous avons fait maintenant un grand pas », constata-t-il simplement avec son aplomb proverbial.

Dans les laboratoires, le combat pour triompher du virus était dans l'air. Les chercheurs s'affrontaient violemment pour monopoliser notoriété et pouvoir fugaces. C'était là une bonne occasion de se faire les griffes pour les ambitieux aux dents longues et aux motivations carriéristes.

Pour l'heure, la sérénité régnait encore dans les studieux services du professeur Barokian, où une myriade d'archéologues et d'étudiants s'affairait, jour et nuit, mue par des obsessions désintéressées et constructives.

En ce début d'octobre, à la veille d'une nouvelle rentrée universitaire, les étudiants piaffaient d'impatience dans l'attente des cours de statistique tant attendus de Marlène Lafay, chercheuse dont l'autorité charismatique produisait une fascination irrationnelle sur ces cerveaux encore impressionnables et idéalistes.

Il était midi et une minute. L'heure tant attendue était enfin arrivée, celle du repas à la cafeteria de l'université. Cette pause permettait, entre la poire et le fromage, les échanges les plus fructueux sur les travaux en cours dans le monde scientifique. Un groupe d'étudiants s'interrogeait, ce jour-là, sur les triomphes de la tracéologie[8].

On s'enthousiasmait à ce moment-là pour la découverte dans une grotte d'Europe centrale, au fin fond de la Poméranie, d'un bâton en bois aux deux extrémités appointées. Cet objet rarissime avait été pointilleusement décrit par Boris Plissonov, alors professeur invité au L.A.P. Cet éminent tracéologue slave, dans un article très remarqué, avait interprété l'objet comme un « bâton de jet » utilisé pour la chasse au petit gibier. Les objets en bois de ces époques étant rarement conservés, cette interprétation avait fait florès et était âprement commentée dans les couloirs. L'étude en question, très récemment publiée, faisait pour l'heure le buzz chez nos jeunes loulous. Un sillage d'admiration suivait ce chercheur exotique depuis son dernier séminaire, où son accent russe et ses tournures de langages calquées sur cette belle langue avaient fait leur effet sur les jeunes étudiantes qui ne juraient plus que par lui.

En dehors de ce sujet palpitant, on revenait sans cesse sur une interrogation préoccupante, celle de l'origine du vecteur de l'épidémie ravageant

---

8. La tracéologie est la science qui cherche à déduire le type d'utilisation des outils préhistoriques à partir des traces d'usures observées à l'œil nu, au microscope optique ou au microscope électronique.

actuellement un monde totalement déstabilisé. Beaucoup évoquaient la possibilité d'un virus échappé d'un laboratoire de recherche, ou d'un miasme imprudemment ingéré lors d'une consommation, quelque part en Chine, d'holothuries sauvages. La plupart contestaient à juste titre ces hypothèses, toutes avancées sans réelles preuves. La question de l'ancienneté du virus et du lieu où il avait émergé restait pour l'instant sans réponse.

Quelques supporters de foot invétérés s'agitaient, agglutinés autour d'un smartphone, braillant aux exploits de leur équipe préférée. Une clameur enthousiaste fit douter que le processus d'hominisation ne fût complètement exécuté.

Profitant de ces instants conviviaux, le professeur Barokian exposa à ses collègues le fond des préoccupations scientifiques qui l'obsédaient depuis des années. Il revenait souvent sur une question à laquelle il n'avait jamais trouvé de réponse satisfaisante : celle de la rareté des sites archéologiques remontant au Paléolithique supérieur dans la région marseillaise, et particulièrement dans le territoire du parc national des Calanques.
Cette période mal connue en Provence, située chronologiquement entre 35000 et 10000 ans avant J.-C., coïncide avec l'arrivée de l'homme anthropologiquement moderne utilisant des outils caractéristiques taillés à partir de longues lames de silex. Ces lames étaient extraites, avec une parfaite maîtrise, de blocs de silex provenant parfois de fort loin si ces matériaux étaient absents de l'environnement immédiat des artisans. On transformait ensuite ces lames en burins, grattoirs et pointes de projectiles. Ces dernières étaient parfois aussi façonnées à partir de languettes tirées de bois de rennes ou d'os longs.

« Les sites archéologiques de cette période sont répandus partout en France. Curieusement, on a très peu de choses en Provence, c'est statistiquement étrange, s'étonna notre préhistorien. Un burin en silex a été trouvé dans une carotte remontée lors d'un forage à 24 mètres de profondeur, pendant les aménagements du port de l'Estaque. C'est un témoignage très isolé ! Malheureusement, cet objet a été perdu peu après sa découverte ! » déplora le professeur Barokian.

Raymond Bécard, le géologue du laboratoire, rappela :
« Il y a bien eu des fouilles effectuées par nos prédécesseurs du XIXe siècle dans le quartier de l'Estaque, me semble-t-il.
– Effectivement, répondit le professeur Barokian, il s'agit de la grotte des Riaux, fouillée un peu trop rapidement entre 1949 et 1969. »

Fanny, la généticienne du laboratoire, qui avait beaucoup lu sur le sujet, fit remarquer que peu de matériel avait été exhumé de ce site.
« Il me semble que c'est surtout la fouille d'un ancien foyer qui a livré des lames, des grattoirs et des burins en silex caractéristiques du Magdalénien, dernière période du Paléolithique supérieur, vers 12 000 ans avant J.-C. Les ossements exhumés ensuite avaient montré que le gibier chassé était essentiellement du bouquetin.
« Il y a eu aussi, à l'écart du massif des Calanques, dans l'arrière-pays aixois, la grotte Voutado. Situé au pied de la montagne Sainte-Victoire, ce site a fourni aux premiers archéologues des ossements et des outils typiquement magdaléniens, qu'on a associés à une expédition de chasse aux bouquetins en territoire montagneux. »

Marlène s'étonna elle aussi :
« Dans le sud-ouest de la France, en Dordogne, en Périgord, dans les Pyrénées et le Lot, on connaît de nombreuses grottes ornées… Rien à ce jour n'a été découvert par ici. Vous ne trouvez pas bizarre que la région marseillaise fasse statistiquement exception ? »

Raymond Bécard, fort de ses connaissances, évoqua les causes possibles de cette absence de découvertes :
« Les conditions de conservation étaient différentes dans les Calanques ! Les événements climatiques ont probablement érodé les dépôts de ces époques dans des grottes inclinées vers la mer, avec leurs planchers trop souvent en dévers. La débâcle qui a succédé à la dernière glaciation a dû évacuer, par érosion, le remplissage et les dépôts archéologiques de ces grottes littorales. »

Le professeur Barokian remarqua :
« Nous devons bien comprendre que la plupart des sites côtiers du Paléolithique ont été recouverts par la mer à la fin de la dernière glaciation. L'important réchauffement climatique postglaciaire a fait fondre

l'essentiel des calottes de glace polaire, provoquant une remontée rapide du niveau de la mer. Il est donc prévisible que les sites littoraux de ces époques, habitats et grottes ornées, qui existaient certainement, nous soient à jamais inaccessibles.
– Malheureusement ! s'exclama Raymond.
– Nous n'avons pas encore les moyens de rechercher des sites préhistoriques sous le niveau de la mer. En l'état de nos connaissances, ils sont impossibles à localiser et, si on les trouve, impossibles à fouiller ! »

Marlène se taisait, rêvant de mettre au point une machine à remonter le temps qui permettrait de se plonger dans ces mondes révolus… Cette idée la tenaillait depuis longtemps et elle sentait, ces derniers mois, émerger doucement la possibilité de résoudre ce problème insoluble. Ses idées, encore confuses et informelles, commençaient à se préciser à la suite de son escapade et de ses réflexions dans le jardin public du palais Longchamp. Son histoire de clé perdue et retrouvée avait-elle un rapport avec la résolution imminente d'une tout autre question ?

Le calme enfin revenu, Marlène, beurrant une tartine de pain de mie, reprit le fil interrompu de son discours. Elle voulait profiter de cette demi-heure de pause pour se décharger, sur un interlocuteur averti, des affres et des doutes inhérents à toute nouvelle recherche. C'était du sérieux ! Du très lourd ! Du… révolutionnaire !
Cet interlocuteur, fort attentif, était le célèbre Raymond Bécard, prodigieux sédimentologue[9]. Sa réputation de rigueur logique n'était plus à faire. À cet instant, il se laissait absorber, avec la plus grande attention par le discours de sa collègue, tout en dégustant méthodiquement un yaourt fourni par le service de restauration de l'université pour un prix dérisoire.

9. La sédimentologie est une discipline de la géologie qui étudie la formation des sédiments à l'origine des roches dites sédimentaires. En archéologie, on parle souvent de « géoarchéologie » : étude des conditions de dépôts des sédiments associés aux niveaux archéologiques. Ces sédiments sont marqués par des influences naturelles, mais aussi par les apports humains, foyers, zones de dépôts, ou autres…

Les coups de cuillère, précis mais précautionneux, s'enchaînaient quasi rituellement dans une valse gracieuse et aérienne qui ne laissait aucune place au hasard. Raymond récupéra minutieusement le mince film de laitage résiduel sur la paroi du réceptacle en carton ciré, puis lécha, avec une efficacité admirable, le fond de sa cuillère en fer blanc, dans un dernier « slurp » de satisfaction. Cette jubilation gustative n'enlevait rien à son plaisir de logicien, et il manifesta son approbation aux spéculations novatrices et pertinentes de sa collègue statisticienne.

Comme beaucoup de découvertes analysées après coup par les historiens des sciences et autres épistémologues, l'aventure était partie d'un hasard, d'un effet de sérendipité[10]. En l'espèce, l'observation pertinente par Marlène du comportement de son bébé, qui, fort sagement, jouait avec une bobine de fil, inexplicablement préférée à tous les autres cadeaux reçus pour son premier anniversaire. Affermi dans la vie par son expérience d'une année révolue, le bébé n'avait de cesse de lancer ce jouet improvisé hors de son berceau pour le ramener ensuite, jouissant certainement ici, comme l'aurait interprété le grand Sigmund Freud, de la maîtrise des séparations journalières avec une mère pourtant fort attentive, mais quelquefois absorbée par la dure nécessité de travaux statistiques aussi savants que révolutionnaires.

Distraite par de menues occupations ménagères, Marlène, dégustant à petites gorgées une tasse de thé, laissait ses pensées vagabonder autour d'images de bobines ramenées en arrière par des fils élastiques... des visions d'un passé tenant à un fil... des idées de rembobinage de fils... Jusqu'à ce que, de ce fatras mental, émerge inopinément et de fil en aiguille une idée géniale, celée et scellée jusque-là dans les profondeurs d'un cerveau mis en veille par le breuvage de la perfide Albion.

---

10. De nombreuses découvertes scientifiques ont été faites en cherchant autre chose, c'est ce que l'on appelle la sérendipité. Exemple classique de la découverte accidentelle de la pénicilline par Flemming.

V

Le « chronoscaphe »

À la suite de sa longue promenade au palais Longchamp et de la perte de ses clés (heureusement retrouvées), Marlène, la statisticienne du L.A.P., était plongée dans de profondes réflexions.
Il devait être possible de trouver un fil d'Ariane en reconstituant le réseau sous-jacent qui liait toutes ces explosions épidémiques, dans le présent... mais aussi dans le passé où elles s'enracinaient ! La comparaison des dates de leurs apparitions successives sur une carte du monde devait permettre de reconstruire les vecteurs, synchroniques et diachroniques, de ces aléatoires déplacements, dans une prolifération de voies vectorielles liées et mathématiquement évolutives.

Il lui fallait, nouvelle Pénélope, retisser virtuellement cette toile défaite dans les profondeurs du temps, et en atteindre le cœur, le barycentre, pour situer enfin, en lieu et date, le mythique berceau à partir duquel les premiers virus avaient amorcé leurs fuites vectorielles éperdues pour contaminer la planète.

Notre mathématicienne, après avoir mouché ses sinus, poussa une charmante exclamation jubilatoire qui surprit le bébé. Arrêté tout net dans son jeu, il était cependant encore trop jeune pour comprendre les implications des idées surgies de la cervelle maternelle...

Détendue, cette véritable fée des statistiques se surprit à chantonner, en virevoltant autour du climatiseur de cette période de canicule, un doux refrain : « Pouh, Pouh, Pidou... »

Lors de la collation historique qui suivit cette révélation, Raymond, le front plissé par une profonde réflexion, imaginait objections et critiques pour trouver des failles dans une idée qui s'avérait de plus en plus géniale. En vain. Peu porté à l'optimisme, il remarqua en triturant sa barbe que le passage à la réalisation ne serait pas facile.

Fanny acquiesça :
« Certainement ! Cela sera un véritable défi ! Plus question de procrastination interminable. Il faut passer aux actes ! »

Effectivement, il fallait dès lors vérifier les moindres détails de ce modèle, qui devrait être parfaitement cohérent et robuste pour assurer une diffusion scientifique sans failles. On pressentait que l'on pourrait ensuite l'inverser en remontant le temps à partir d'une carte du monde, constellée actuellement par les spots d'explosions épidémiques... La possibilité de comprendre la diffusion de l'épidémie en suivant les fils d'Ariane fournis par le calcul mathématique devenait de plus en plus tangible.
L'idée d'un « œil du laboratoire » voyageant virtuellement dans le passé semblait de plus en plus envisageable !
Cela allait enfin relancer l'espoir de trouver la clé perdue de la catastrophe actuelle.

L'œil du « chronoscaphe »

Depuis trois jours et trois nuits, le gigantesque ordinateur tournait pour assimiler le contenu de l'énorme banque de données gérée par une entreprise qui centralisait les mentions d'infections virales depuis les origines de l'épidémie.

L'investissement avait été majeur. Il avait fallu vider et déplacer des bureaux et abattre certaines cloisons afin de laisser place au monstre informatique. On avait ainsi dégagé un espace de grande dimension, véritable écrin spécialement climatisé pour la bonne santé de ce joyau technologique et scientifique : le « chronoscaphe ».

Tout ne s'était pas fait sans effort ni déboires. Quelques bugs étaient survenus au démarrage, car cette machine, trop novatrice, échappait totalement à la surveillance des agents informatiques de l'institution. Mais à force de discussions et de longues démarches, compliquées par la varicelle qui avait frappé la principale gestionnaire, le feu vert fut néanmoins obtenu.

Rien de spectaculaire, au premier examen, dans ce boîtier rectangulaire, métallique, marqué des deux triangles symboliques du présent et du passé affrontés tête-bêche[11]. Il était pourtant bourré de miracles technologiques. Cette « taupe », prouesse de robotisation projetée par holographie dans les abysses du passé, était le clou final, resté jusqu'ici top secret, d'une élaboration mathématique hors du commun.

Le lancement du prototype était prévu dans la seule fenêtre possible, la nuit du 26 au 27 octobre 1985, au moment précis où le recul d'une heure, lors du passage de l'heure d'été à l'heure d'hiver, pourrait propulser inexorablement la machine vers les profondeurs du temps.

En tant que directeur du laboratoire, le professeur Barokian eut l'honneur d'appuyer le premier sur le bouton « ON » de mise en marche, mais Fanny et Marlène ne pouvaient retenir leur exultation devant ce résultat de leurs recherches enfiévrées des derniers mois. C'était l'aboutissement d'un long travail d'adaptation de modèles empruntés à une génétique d'avant-garde bien maîtrisée par Fanny, et soumis aux rigoureux contrôles statistiques de Marlène. Il fallait sans cesse assurer le cap de l'appareil qui, traversant les mille feuilles empilées d'un passé immémorial, risquait de s'égarer dans ces couches temporelles superposées depuis les origines.

Il y eut un moment d'émotion lors d'un faux contact dans le réseau, au moment où un étudiant avait malencontreusement enclenché une bouilloire électrique. L'eau frémissante avait inopinément débordé sur la prise d'alimentation, déclenchant un court-circuit qui avait alarmé toute l'assistance. Heureusement, après avoir appuyé sur le bouton « RESET », Marlène retrouva son sourire alors que tout redémarrait sans autres anicroches.

---

11. Allusion à un des signes géométriques trouvés dans la grotte Cosquer : le signe « en enveloppe » (cf. page 18).

Fanny et Marlène, nourries depuis des semaines de thé et de tartines de pain de mie, affamées et les yeux rougis par le manque de sommeil, avaient passé des nuits blanches à surveiller la bonne marche de la machine. Pour l'heure, délivrées d'un grand poids, elles ne pouvaient cacher leur soulagement et leur satisfaction.

Un ronronnement continu filtrait à travers la chambre secrète, une pièce à l'accès réglementé afin d'éviter l'ingérence des non-spécialistes. Le bel appareil, enfin renvoyé à sa vocation, remontait la phylogénie du passé épidémique, celui où avait éclos le virus « Pousse-toi de là que je m'y mette », désigné à la faveur de la dernière épidémie de l'année 1985 par le sigle P.L.M.85.

Le logiciel tournait pour la première fois en guidant son œil holographique vers le passé de la planète. Merveille des merveilles, l'indicateur virtuel parcourait l'écran en choisissant, à l'issue de tris statistiques fort savants, les voies possibles vers les origines…

Chacun tentait de modérer son impatience et retenait son souffle alors que, cahin-caha, cette merveille de technologie, cet œil robotisé, scrutait un passé depuis longtemps relégué dans la tombe.

Sur la carte du monde, affichée sur un écran démesuré, on pouvait suivre la course et les tâtonnements de la « taupe » holographique cherchant la voie la plus probable dans le réseau mondial des mentions du virus, anciennes et récentes. Infatigable, elle continuait à creuser son chemin. Son flair infaillible l'attirait, sans erreur, à travers les myriades de passés empilés, vers le lieu toujours mystérieux des origines du phylum viral.

En son for intérieur, chacun piaffait d'impatience dans l'attente d'un résultat qui semblait sans cesse renvoyé aux calendes grecques.

Même l'exigeant et sceptique Raymond Bécard était bien obligé d'admettre que, finalement, tout tournait rond. « Comme une cuillère dans le yaourt », pensa-t-il, approuvant ainsi à sa manière l'adéquation parfaite des contraintes et de leurs réponses logiques dans deux situations pourtant fort différentes.

Le 25 octobre 1985 à trois heures du matin, comme prévu, un signal d'alerte retentit dans les couloirs. C'était, sans ambiguïté, le couinement convulsif du « chronoscaphe » tombant en arrêt. La machine signait ainsi, à sa manière, l'aboutissement du processus de son pistage transtemporel.

En se précipitant vers la porte de la salle d'expérimentations, Marlène et Fanny poussèrent un cri d'exultation mâtinée d'incrédulité à la vue de la surface scintillante de l'écran. Le curseur informatique projeté dans le passé s'y était immobilisé, comme un chien en arrêt, geignant sans relâche sur une région bien précise du massif des Calanques[12]. Marlène, rosie par l'émotion, retenait difficilement des larmes de soulagement. Elle était soutenue par Fanny, qui maîtrisait mieux ses sentiments dans ce moment si émouvant qu'il était difficilement supportable.

Compte tenu des distorsions théoriques dues à des facteurs statistiques dont Marlène avait tenu compte avec la plus grande maestria, la date indiquée par l'appareil remontait à 18 000 ans, avec une précision de +/- 1 000 ans. Ce résultat renvoyait aux moments les plus froids de la dernière période glaciaire. À ce constat, personne ne put retenir un frileux frisson d'exaltation. Le résultat était sans appel, en ce jour historique où le présent accommodait son regard sur le passé, en une mise au point qui le fit subitement ressurgir. C'était indéniablement un petit clin d'œil pour nos chercheurs, mais un grand pas pour l'Humanité.

Les coordonnées indiquées sur l'écran de veille étaient 43° 12 10"' de latitude Nord et 5° 26 57"' de longitude Est. On consulta les cartes : le point indiqué se trouvait précisément à l'aplomb du cap Morgiou[13], promontoire rocheux qui s'avançait dans la mer entre Marseille et Cassis.

« Bizarre ! Les contours du cap Morgiou, en vue aérienne, dessinent exactement la forme d'une clé à molette ! » s'étonnèrent spontanément

---

12. Le massif des Calanques, ou massif de Marseilleveyre, s'étend entre Marseille et Cassis. C'est un massif calcaire, accessible à pied par des chemins de randonnée, et géré par le parc national des Calanques.
13. La grotte Cosquer est située au pied du cap Morgiou, son entrée se trouve à -37 m de fond (cf. page 10 pour se rendre au cap Morgiou).

Fanny et Marlène qui, en dehors de leurs activités scientifiques, fréquentaient assidûment les magasins de bricolage.

« Il ne s'agit peut-être pas d'un hasard ! » s'exclama avec enthousiasme le professeur Barokian, qui connaissait par ailleurs très bien les lieux. « L'œil du "chronoscaphe" nous indique certainement là, une zone clé, en relation avec la pandémie actuelle. »

VI

18000 ANS AVANT J.-C.

VIE PRÉHISTORIQUE AU CAP MORGIOU

18 000 ans avant J.-C. : un paysage glacial

Le cheval[14] fuyait, écrasant les hautes herbes de la prairie en un long sillage qui zébrait l'immensité de la steppe d'une blessure béante. Il était talonné par une petite bande de loups. L'écume aux naseaux, l'animal exténué avait du mal à maintenir la distance de l'espoir, car les carnassiers infatigables se rapprochaient inexorablement. Le mâle de tête, un énorme loup au pelage luisant, devançait largement ses congénères. Quand le cheval trébucha, il se précipita à son garrot, bientôt suivi par le reste de la meute. En quelques instants, le bel et gracieux animal fut transformé en une masse sanguinolente de chairs encore palpitantes...

Les sommets crénelés des collines de Riou baignaient dans une lumière hivernale. Le soleil couchant illuminait l'horizon de flamboiements dont les nuances rose et orange embrasaient les nuages effilochés, qui, au-delà du grand plateau littoral[15], se reflétaient, dans une mer écrêtée par un violent et glacial mistral.

La lumière de cette fin de journée faisait miroiter les rondelles d'argent des mares[16] qui criblaient la grande steppe littorale depuis la côte

---

14. Le cheval est un des animaux les plus représentés dans la grotte Cosquer (cf. p. 19).
15. À cette époque, le plateau continental actuellement submergé était à l'air libre et fréquenté par les hommes préhistoriques (cf. pages 28-29).
16. Le plateau continental est marqué par de nombreuses dépressions fermées, anciennes dolines qui, à l'époque où vivaient les hommes préhistoriques de la grotte Cosquer, il y a entre 27000 ans et 18000 ans, devaient constituer autant de points d'eau fréquentés par les animaux.

jusqu'aux premiers contreforts du massif du Puget. Les dunes, poussées par le mistral, venaient se plaquer, au terme ultime de leur course, contre ces escarpements[17]. On devinait, vers le sud-ouest, les chaînons du Veyron et du Frioul. Ils masquaient à la vue le grand lac qui remplissait une vaste dépression entre les collines du Frioul et celles de la Nerthe[18]. Ces paysages englacés ne portaient qu'une maigre végétation[19], qui faisait le bonheur des troupeaux de bisons, d'aurochs et de chevaux. À cette heure, dans le calme du soir, les bêtes s'abreuvaient çà et là dans ce paysage criblé de lacs et d'étangs. Sur leurs rives, les bouquets rabougris de pins sylvestres et de bouleaux, tordus par les vents, évoquaient des créatures fantomatiques animées par un souffle glacial venu du nord, bien au-delà de la vaste cuvette côtière dans laquelle s'établirait, considérablement plus tard, la grande ville de Marseille.

Dans cet environnement, à l'abri d'une haute falaise qui bordait au sud-ouest la crête de la montagne de Riou, un jeune chasseur, qui répondait au patronyme de Mik le Noir, avait établi son bivouac. Au pied de cette paroi bien abritée, un vaste porche donnait sur une grotte. C'était un bon endroit pour passer la nuit, camouflé par un panneau de branches entremêlées d'herbes hautes. Le jeune homme ne pouvait être vu, mais il bénéficiait depuis cette halte de chasse d'une vue plongeante sur le paysage qui s'étendait au-dessous de lui.

Âgé de moins de vingt ans, la peau brune et les yeux bleus, bronzé et buriné par ses errances au grand air, il avait le visage et le corps intégralement tatoués de signes géométriques. Ces lignes bleues, inscrites dans sa chair lors d'une première initiation, assuraient son nouveau

17. Des placages de sable ont été retrouvés partout sur le littoral des calanques. Il s'agit certainement de restes de dunes littorales qui se déplaçaient avec les vents entre le rivage de l'époque et les premières hauteurs du massif (cf. page 21).
18. Une grande dépression sous-marine existe entre les îles du Frioul et la Côte Bleue, elle ressemble au poljé de Cuges-les-Pins et devait probablement constituer un grand lac.
19. Les pollens trouvés dans les foyers de la grotte Cosquer renvoient essentiellement à des pins sylvestres et à des graminées steppiques (cf. photo page 14).

statut de guerrier et d'adulte, car elles enfermaient, dans leurs formes rectangulaires, l'héritage transmis par les anciens.
Il avait été, à cette occasion, initié aux mystères de Kâel, la Grande Déesse, divinité tutélaire révérée par la tribu. C'est elle qui veillait sur la survie de ses membres en les protégeant des accidents de chasse et des changements météorologiques imprévisibles. Les anciens rappelaient parfois que certains de ces blizzards avaient figé dans la glace plusieurs chasseurs lors de tornades mortelles.

Le jeune homme portait en pendentif une petite statuette de la déesse, sculptée dans de l'ivoire de mammouth[20], animal mythique que les ancêtres avaient fréquenté dans les territoires du nord, avant de s'engager dans la passe qui menait vers les arrière-plages aux conditions climatiques plus clémentes où la tribu s'était définitivement établie.

Dans ce nouveau territoire, le silex s'était malheureusement révélé rare et de mauvaise qualité. C'était la raison de son voyage solitaire vers le soleil couchant, pour prospecter le Grand Fleuve à la recherche de nouveaux affleurements du précieux matériau, indispensable pour fabriquer les outils du quotidien.[21]

Le prospecteur revenait pour rendre compte à la tribu du succès de sa quête, qui avait abouti à la découverte d'importants gîtes de silex à quelques journées de marche. Il en transportait quelques nodules préalablement testés d'un coup de percuteur précis.
La matière siliceuse s'était révélée parfaitement homogène et opalescente : les maîtres-artisans de la tribu seraient certainement satisfaits ! Ils pourraient facilement y débiter lames et éclats pour fabriquer pointes, burins et grattoirs, objets indispensables sans cesse à renouveler…

---

20. Référence aux fameuses statuettes de Vénus paléolithiques aux formes plantureuses, en ivoire ou en pierre tendre, connues depuis la Sibérie jusqu'à l'Atlantique, remontant majoritairement au Gravettien (vers 25 000 – 30 000 ans avant nous). On a parlé de culte de la fécondité, mais les vraies motivations restent hypothétiques (cf. p. 17-18).
21. Le silex faisait effectivement l'objet de prospections lointaines comme cela a été prouvé par l'étude des outils préhistoriques taillés dans des matières premières importées souvent de fort loin, comme ont pu le prouver les études géologiques.

Rassuré sur sa position, il sortit son matériel de bivouac de la besace qu'il cachait, bien à l'abri, sous son anorak en peau de cerf bordé de fourrure de lièvre arctique. Tout avait été soigneusement cousu par sa compagne avec du fil de tendon effiloché et une aiguille en os.
Ses vêtements, comme ses mocassins en cuir de daim, étaient parfaitement étanches à l'humidité, gage de survie dans ce milieu hostile. Un pantalon en peau complétait confortablement son équipement.

Son havresac contenait, par ailleurs, l'essentiel pour rester en autonomie. Les rouleaux de pemmican faits de poudre de viande de bison séchée et de myrtilles enrobées dans de la graisse de phoque lui assuraient une sécurité alimentaire quasi infinie.

Il sortit de ce nécessaire de survie un nodule de marcassite et un grattoir en silex qui lui permirent de battre le briquet. Il fit alors jaillir des étincelles sur un petit tas de la poudre prélevée à l'intérieur d'un champignon, la vesse-de-loup. L'une des particules incendiaires plantées dans cette poudre persista puis s'étendit. Il souffla doucement pour attiser l'ignition avant de transporter la braise, avec d'infinies précautions, sur un petit tas d'écorces de bouleau bien sèches. Ces précieuses pelures végétales, imprégnées d'un goudron naturel, s'enflammèrent rapidement. Transportée sur un tas de brindilles, la flamme gagna le petit foyer qu'il garderait entretenu toute la nuit.

La tradition assurait que « tout est bon dans le bouleau ». Effectivement, en dehors de sa sève, cet arbre restait au centre de l'allumage rituel du feu. Le champignon amadouvier poussant sur son tronc permettait de capter l'étincelle jaillie du choc du silex contre les lourdes boules étoilées de marcassite[22]. Le coup de silex en arrachait les miraculeuses escarbilles qui seraient ensuite transmises à l'amadou ou à ses succédanés puis aux

22. La marcassite est un sulfure de fer, proche de la pyrite. Frappée par le silex, elle donne une étincelle chaude susceptible d'embraser une substance inflammable (amadou entre autres). Voir : COLLINA-GIRARD, Jacques – *Le Feu avant les allumettes, expérimentation et mythes techniques.* Éditions de la Maison des sciences de l'homme, collection Archéologie expérimentale et Ethnographie des techniques, Paris, 1998, 150 p.

foyers domestiques. L'écorce de l'arbre, gorgée de goudron, permettait d'amorcer un feu même sous la pluie. Base de tout un artisanat, c'était un véritable cuir végétal, employé pour fabriquer toutes sortes de contenants, mais aussi les légers canots des chasseurs de phoques. On racontait, pendant les veillées, que cet arbre avait été béni par la Grande Déesse qui faisait depuis pousser entre ses racines les champignons aux chapeaux rouges tachetés de blanc. Ces derniers déclenchaient des rêves éveillés[23] au cours desquels on pouvait consulter les esprits, qui s'agitaient confusément au fond de tout un chacun, pour en obtenir des réponses éclairant son devenir et celui de sa tribu.

Avant de sombrer dans un sommeil réparateur, le jeune voyageur se restaura rapidement d'une bouchée de pemmican[24] arrosée d'un filet d'eau claire de neige fondue. Il lui fallut ensuite remettre en état une de ses sagaies. Il avait projeté cette javeline un peu trop violemment contre une roche alors qu'il manquait sa proie, une jeune antilope saïga dont il aurait bien fait son dîner. La pointe étant cassée, il entreprit d'en façonner une autre à partir d'une lame de silex qu'il réservait pour cet usage.

La pointe prit rapidement forme, à la façon de sa tribu : par petits coups précautionneux de percuteur, il abattit un des bords de la longue lame, l'appointant en lui donnant une section triangulaire et une base amincie[25]. Cela devait lui permettre d'insérer cette pointe en silex dans une entaille à l'extrémité de la hampe du projectile.
Il consolida la ligature en tendon en la noyant dans un mélange de goudron de bouleau et de sable fin[26]. Une nuit près de la chaleur du feu suffirait certainement à renforcer le tout...

---

23. L'amanite tue-mouche, qui pousse au pied des bouleaux, a été utilisée par les chamans sibériens comme substance hallucinogène pour aider à développer des visions.
24. Préparation utilisée par les Indiens d'Amérique du Nord. Mélange de poudre de viande séchée, de graisse et de baies sauvages (myrtilles), utilisée comme rations de voyage.
25. Cette pièce appelée « pointe de la Gravette » est typique de cette période.
26. Le goudron tiré de l'écorce de bouleau a été largement utilisé comme colle à toutes les époques de la Préhistoire. L'ajout de sable est une pratique des aborigènes australiens pour durcir le mélange de résine et de cire d'abeille.

Il compléta son matériel en retouchant l'extrémité d'une autre grande lame qu'il transforma en burin, outil indispensable pour le travail des bois de cervidés ou des matières osseuses.

Dans la nuit, la Grande Déesse lui apparut en rêve... Ce songe suggérait un rite à accomplir dans une grotte inconnue dans laquelle la Déesse l'encourageait à entrer, en l'invitant à affronter son passé...
Il était aussi bizarrement question du burin en silex qu'il venait de façonner et qu'il perdait dans son rêve. Pourquoi cet objet anodin, avait-il une aussi grande importance ? S'agissait-il d'une offrande destinée aux esprits d'un autre temps ? Cela dépassait son entendement. Perplexe et incapable de trouver la clé de ses songes, il se réveilla.

Au petit matin, il repassa de l'autre côté du miroir... Il cligna des yeux, ébloui par la lumière pâlichonne du soleil levant, qui avait déjà éveillé les hardes de chevaux et de bisons affairés à brouter l'herbe rase, encore couverte de rosée nocturne. Une petite troupe bondissante d'antilopes saïga disparaissait à l'horizon, peut-être effrayée par l'approche d'un félin, prédateur isolé que l'on croisait quelquefois lors des expéditions de chasse.

Alors que le soleil se hissait doucement au-dessus de l'horizon, le chasseur se décida à quitter le confort de son refuge pour se diriger vers les plages où se brisaient les houles du large[27]... C'est par là que se trouvait le camp de sa tribu, bien protégé des vents par de hautes dunes qui bordaient une vaste dépression.

Sa marche rapide et souple de coureur des bois aguerri l'approchait du littoral. Il devinait déjà les glapissements familiers des phoques[28] vautrés sur les plages, et il croisa un groupe de pingouins effrayés qui lui cédèrent le passage.

Il commençait à se sentir chez lui dans cet univers familier quand il

27. À l'époque de l'occupation de la grotte, celle-ci se trouvait à une distance de 5 km à 15 km de la plage, car le niveau de la mer se trouvait 135 m plus bas.
28. Plusieurs représentations gravées de phoques sont visibles dans la grotte Cosquer.

remarqua un étrange objet brillant. Une image projetée sur le sable ? Un signe ?
Il lui était impossible d'imaginer qu'il s'agissait de la projection, à travers le temps, du boîtier holographique, l'œil du « chronoscaphe », matérialisé là après avoir traversé plus de vingt millénaires.

Notre chasseur, ne pouvant soupçonner cette vérité impossible à concevoir, l'interpréta à sa manière comme un message crypté envoyé par la Grande Déesse, rencontrée dans son rêve de la nuit.

Distrait par ses réflexions, il réalisa qu'il avait oublié quelque part le burin de silex, taillé juste avant son départ sous le vaste porche de la grotte où il avait bivouaqué. Y avait-il un rapport entre ce trou de mémoire et son rêve de la nuit ?

Les aboiements lointains de la horde de chiens qui rôdaient autour du camp le sortirent de ses réflexions pour le ramener à l'instant présent. Sa longue randonnée allait donc bientôt tirer à sa fin... Il repéra rapidement un filet de fumée qui montait derrière la dernière ligne de crête familière, celle qu'il aurait à franchir pour atteindre le camp.

Un campement préhistorique

La tribu, descendue du nord en suivant la berge de l'immense fleuve difficilement franchissable qui coulait vers le soleil couchant, rassemblait trois clans unis dans le culte de la Grande Déesse, déité maternelle protectrice qui veillait à leur destinée.

La tradition rappelait que les ancêtres étaient venus d'une région lointaine, du côté du soleil levant. On disait que c'était un pays d'immenses steppes glacées, s'étendant à l'infini, où paissaient d'innombrables troupeaux de mammouths, animaux imposants et vénérés[29].

---

29. Les cultures préhistoriques représentées dans la grotte Cosquer, en particulier le Gravettien, correspondent à de nombreux sites spectaculaires connus en Europe orientale et en Sibérie (cf. page 16).

La légende disait que ces ancêtres avaient rencontré dans leurs errances des hommes étranges, petits, trapus et massifs. Vivant, comme eux, de gibier et de cueillette, ils avaient des outils et des traditions différentes. Petit à petit, ces premiers autochtones avaient mystérieusement disparu. Certains s'étaient, paraît-il, mariés avec des femmes de la tribu et en avaient eu une descendance[30]. Les ancêtres avaient progressivement remplacé ces premiers occupants, s'installant sur de vastes territoires jusqu'à buter sur le Grand Océan, au bout de la terre, loin vers le couchant...

Le camp, organisé autour de plusieurs foyers familiaux, regroupait une douzaine de huttes dont les armatures en côtes de baleines supportaient des peaux de bisons longuement tannées et recouvertes de neige compactée[31]. Ces igloos relativement confortables avaient remplacé pour l'hiver les légères tentes en peaux, facilement démontables, utilisées à la belle saison par les traqueurs de phoques.

En prévision de la mauvaise saison, des lanières de viande et des poissons éviscérés et ouverts séchaient sur des claies au-dessus des foyers à boucaner qui dégageaient, à cet usage, une abondante et épaisse fumée. Un enfant, les yeux dans le vague, rongeait un bout de poisson séché, nullement incommodé par les chiens alléchés qui rôdaient, sans oser approcher, autour des foyers culinaires.

L'arrivée de notre chasseur fut rapidement éventée par les chiens[32] qui se pressèrent dans ses jambes en lui faisant fête. Sentant un contact contre sa cheville, il sursauta : c'était le jeune loup récemment adopté, si bien apprivoisé qu'il devenait de plus en plus difficile d'échapper à son affection envahissante. Certains déploraient que le contact de sa truffe humide et glacée eût trop souvent fait sursauter plus d'un chasseur à l'affût, lui

---

30. Allusion aux métissages qui auraient eu lieu, d'après les généticiens, entre les hommes de Neandertal et les hommes modernes.

31. Les Esquimaux utilisaient des cabanes en os de baleines. On a exhumé sur les sites archéologiques du gravettien d'Europe centrale des cabanes analogues construites en os de mammouths.

32. Des recherches récentes basées sur la génétique ont montré que la domestication du chien a été très précoce, dès le Paléolithique supérieur.

faisant manquer sa cible en déviant son propulseur[33]. Maintenant qu'il était définitivement adopté, le jeune loup adorait participer à toutes les chasses collectives avec les meilleurs limiers... Il apprit rapidement à tirer le traîneau utilisé pour rapporter les plus grosses prises des chasseurs, quelquefois loin du campement.

Ému par ces manifestations d'affection animale, notre prospecteur jeta un bâton appointé ramassé pendant son voyage et qu'il tenait machinalement. Le jeune animal se lança immédiatement à sa poursuite pour rapporter ensuite avec enthousiasme l'objet jubilatoire furieusement mâchouillé, réclamant avec insistance et les yeux suppliants la répétition de ce jeu excitant.

Toute cette agitation finit par attirer l'attention des enfants jouant plus loin, qui vinrent en courant accueillir le voyageur de retour de son long périple. Les adultes s'approchèrent ensuite. Celui qui retrouvait les siens leur transmit alors la bonne nouvelle :

« J'ai découvert d'abondantes sources de silex de bonne qualité dans mon expédition en direction du couchant ! »

Tous poussèrent des exclamations admiratives en voyant les superbes rognons qu'il venait de sortir de son sac. La matière en était homogène, le grain fin, et la cassure avait des reflets opalescents... Il y aurait moyen d'en tirer sans difficulté de magnifiques lames, comme celles que l'on avait l'habitude de fabriquer dans la tribu[34].

---

33. Un propulseur est un bâton terminé par un crochet qui permet, par effet de levier, de lancer plus efficacement une sagaie. C'est un peu le principe de la raquette de tennis, mais utilisé pour lancer un projectile. Bien connu par les ethnologues chez les aborigènes australiens ou les Esquimaux, il était également utilisé par les Indiens précolombiens d'Amérique centrale, le nom mexicain étant atlatl. Cet objet est bien attesté dans le Paléolithique supérieur.

34. L'outillage du Paléolithique supérieur est surtout taillé sur de grandes lames qu'il faut tirer, avec méthode, des blocs de silex. À cette époque, cet artisanat est très bien maîtrisé.

Voulant partager leur enthousiasme, ils hélèrent le maître tailleur qui, en connaisseur, soupesa les blocs en imaginant déjà les outils qu'il pourrait en tirer. Prenant en compte la forme des rognons siliceux[35] et leur éventuelle homogénéité, il avait l'habitude de visualiser mentalement l'enchaînement des gestes qu'il lui faudrait effectuer.

La tente de Pê-Jy, le tailleur de silex, était facile à repérer : c'est de là que venaient les bruits caractéristiques devenus familiers. Le son précis des coups de percuteur alternait avec les crissements amortis du raclage destiné à renforcer les plans de frappe. Ces sonorités cristallines alternaient avec les bruits de verre brisé accompagnant l'arrachage magistral des lames à la roche opaline sous le coup du lourd gourdin en bois de cerf[36]. Grâce soit rendue à la Grande Déesse, qui protégeait ces extractions de lames de la mauvaise magie des esprits contraires, quelquefois convoqués par de malfaisants jeteurs de sorts...

Pê-Jy, le maître-artisan, était un artiste protégé par la Grande Déesse. C'est elle qui lui avait donné le pouvoir d'appréhender l'outil en gestation dans la pierre. Il était le seul à savoir prélever des lames sur les blocs de silex convenablement préparés pour les transformer ensuite, par une retouche finale, en outils utilisables : pointes destinées à armer les sagaies, burins pour graver et rainurer les bois de cerf, grattoirs pour apprêter les peaux...

Non loin de là, accroupi devant l'ouverture de son tipi, au milieu des restes éparpillés d'une carcasse de bouquetin, un chasseur avait entrepris de préparer un bouillon gras, spécialité qu'il affectionnait particulièrement. À cette fin, il était fort occupé à ébouillanter des esquilles d'os,

---

35. Le silex se trouve sous forme de boules irrégulières, dans les roches calcaires : la partie extérieure de ces rognons de silex est souvent crayeuse. Il faut l'enlever pour atteindre la matière homogène du silex, composée de silice opalescente, qui réagit aux chocs comme du verre.

36. Pour extraire lames et éclats du bloc de silex, on pouvait utiliser un galet (percuteur dur), cela permettait de dégrossir le travail. Pour un travail plus élaboré, les hommes préhistoriques se servaient de gourdins en bois d'animal, de cerf ou de renne (percuteurs doux).

préalablement broyés avec des pierres chauffées[37], qu'il jetait précautionneusement à l'aide d'une pince en bois dans une cavité rocheuse naturelle et remplie d'eau. Des yeux de matière grasse remontaient doucement à la surface, et il les prélevait au fur et à mesure avec une valve de coquillage pour les transvaser dans une courge évidée. Cette graisse serait toujours bienvenue pour compléter une alimentation qui devait rester riche à l'orée de la mauvaise saison.

Sans interrompre son travail, il salua chaleureusement le nouvel arrivant tout en échangeant au passage des plaisanteries avec ses deux charmantes voisines, qui, un peu sorcières, avaient la réputation de voir l'avenir... L'une brune, l'autre blonde, dans leurs jupes de peau effrangées et leurs mocassins couverts de perles fines et de coquilles de dentales. Les deux magiciennes, fort respectées, étaient indispensables pour conjurer les mauvais esprits toujours sur le point de surgir là où on ne les attendait pas.

La brune, qui répondait au nom de Fahn, connaissait tout de la filiation des membres de la tribu, enracinée dans le passé lointain de la chaîne des générations. Elle n'ignorait rien de celle des populations du nord, récemment ralliées aux groupes méridionaux pour la grande fête du solstice d'hiver qui s'annonçait.
La blonde, nommée Fêh, jouerait pour sa part un rôle essentiel dans cette fête. Elle seule était assez habile pour interroger les augures en dévoilant les probabilités de l'avenir. La considération du présent, aboutissement du passé et source du futur, la guidait et elle était capable d'évaluer les futurs les plus vraisemblables. Elle seule le pouvait en démêlant les fils ténus et embrouillés de la chaîne des causes et de leurs effets... Rompant le silence à peine troublé par le bruissement de la houle qui se brisait sur la grève lointaine, elle entonna de sa voix cristalline un chant sacré et immémorial : « Pouh, Pouh, Pidou... »

37. Faire bouillir de l'eau dans une cavité naturelle en y jetant des pierres chauffées est une technique bien connue, souvent décrite par les ethnologues. L'hypothèse de l'extraction de graisse à partir d'esquilles osseuses a été évoquée en observant certains sites préhistoriques.

VII

18000 ANS AVANT J.-C.

UNE EXPÉDITION DE PÊCHE AU PALÉOLITHIQUE SUPÉRIEUR

Les tambours avaient, pour l'heure, chassé les mauvais génies et leur cortège de nuages noirs venus du nord. Le mistral insistant de la semaine précédente avait laissé place à une légère brise. Le ciel restait obstinément limpide alors que la hausse des températures faisait fondre les névés subsistant sur les sommets et les flancs des collines.

S'écartant des chemins des traqueurs de bouquetins, les femmes, en longeant la mer, avaient découvert quelques semaines auparavant un petit paradis dans une échancrure du littoral. Un large porche rocheux surplombait une calanque étroite et rectiligne, comme tracée au cordeau, qui finissait sur une petite plage. Les eaux calmes, bleues et transparentes laissaient deviner une dense prairie de posidonies. Le site pourrait donner un accès facile vers le large aux légères embarcations dont disposaient les chasseurs. Non loin de là, sur le plateau rocailleux qui s'abîmait dans la mer, deux lacs minuscules étaient alimentés en eaux douces par la fonte de la neige qui s'y accumulait. Sur le flanc de la calanque, une source claire sourdait de la roche.

Depuis l'installation de la tribu sur le rivage, la pêche était devenue une activité presque exclusivement féminine et on comptait maintenant nombre d'excellentes plongeuses qui s'étaient fait une spécialité de la pêche d'animaux marins à des profondeurs parfois considérables.
Kourt, le chaman, faisait exception en se passionnant pour ce monde marin délaissé par une population dont les ancêtres, chasseurs de mammouths, étaient venus de contrées situées très loin de la côte.

À son instigation, on prit petit à petit l'habitude de fréquenter de temps en temps le lieu. Certains rêveurs, faisant face à l'inconnu du grand large, situaient au-delà de l'horizon une île mythique et merveilleuse. À l'appui de ces légendes, certains prétendaient avoir entrevu par temps clair, depuis la côte, la vague silhouette de cette île, lors de voyages qu'ils avaient effectués à plus de sept jours de marche en direction de l'est.

Prenant en compte des augures favorables, on envisagea une expédition de pêche vers cette petite calanque, située à une quinzaine de kilomètres du camp de base. Il fallait suivre, en direction du sud–ouest, les rivages fréquentés par les colonies de phoques avant de contourner par le sud la crête de Planier et les grottes du Veyron où les chasseurs en maraude avaient l'habitude de bivouaquer après avoir traqué les hardes de bouquetins.

Une petite troupe composée de femmes et d'enfants ainsi que de quelques volontaires partit dès l'aube en prévision d'une demi-journée de marche sur un plateau calcaire rainuré par le ruissellement de l'eau de pluie et de la neige fondue. On pouvait, de loin, suivre le cheminement un peu difficile des marcheurs sur ce lapiaz littoral d'où s'envolaient des myriades d'oiseaux marins effrayés par cette agitation inhabituelle.

Kourt, le chaman, s'était proposé pour accompagner le groupe. Ravi de cette expédition, il s'engageait à rapporter sa moisson habituelle d'énormes daurades, poissons qui fréquentaient les bancs de moules proliférant sur les roches immergées à quelques dizaines de mètres de la côte. C'était aussi la saison à laquelle les loups se rapprochaient pour frayer dans les remous bien aérés qui se brisaient sur les petits fonds du littoral. Certains insinuaient que le chaman pouvait communiquer avec les esprits des poissons, car tous reconnaissaient l'efficacité de ses nasses et de ses lignes, tressées en crin de cheval et armées d'hameçon en os dont il maîtrisait la fabrication et l'usage.

« Je me fais fort de nourrir la tribu entière pour les jours à venir ! » claironna-t-il joyeusement en accélérant sa marche.

Fahn et Fêh sourirent avec indulgence à cette innocente vantardise supposée les impressionner, car ces deux magiciennes, véritables femmes-poissons, étaient capables de plonger en retenant leur souffle à plus de 20 mètres de profondeur pour rapporter coquillages et céphalopodes.

« Pourrons-nous utiliser la pirogue ? » demanda Fêh avec une pointe d'inquiétude. Elle s'était fait une spécialité de la capture des poulpes, mollusques fort intelligents qu'il était très difficile de maîtriser dans l'eau et qu'il valait mieux déposer dans une embarcation.

« Bien sûr ! Cela m'évitera aussi de traîner les lourds filets en nageant jusqu'à la côte, répondit Fahn. Et s'il y a des oursins à ramasser, cela sera aussi plus commode. »

Kourt approuva :
« Vous pouvez monopoliser l'embarcation, je me débrouillerai parfaitement pour pêcher mes poissons depuis la plage. »

L'expédition longea le rivage sans déranger les milliers de phoques qui se chauffaient au soleil, confortablement vautrés sur les grandes dalles rocheuses plongeant sous la mer. Au large, on devinait les dos noirs d'un couple de baleines, trahies par les jets d'eau vaporisée, puissamment expulsés par leurs évents à la suite d'une longue et profonde immersion.

Le voyage dura un peu moins d'une journée. Au terme de ce périple, on vit le soleil se coucher sur une mer d'huile. Il embrasait d'une chaude lumière orangée la crête du chaînon montagneux qui courait depuis les hauteurs de Planier jusqu'à celles de Marseilleveyre, que l'on devinait dans la brume lointaine. On repéra le lieu du futur bivouac sous la paroi de calcaire blanc. Le doux ressac de la mer rompait à peine la sérénité du lieu.

Chacun prit place sous le porche qui servirait d'abri et s'octroya une pause, le temps d'admirer la chute rapide du soleil, dans l'attente de sa plongée sous l'horizon qui survint rapidement dans un bref flash vert pomme, phénomène rare et réputé très favorable.

Filets, casiers et lignes furent soigneusement rangés contre une paroi pendant que Kourt battait son briquet à silex afin de préparer le feu du bivouac, qui resterait allumé toute la nuit.
Chacun s'endormit après s'être restauré de filets de poissons séchés et de lanières de viande déshydratées, le tout arrosé d'eau claire de la source proche dont on avait rempli les outres en peau.

Le lendemain, Kourt se leva avec le soleil pour jeter à l'eau ses nasses tressées dûment appâtées et ses filets lestés de lourds galets, afin de barrer le passage aux poissons du large, qui en cette saison longeaient la côte.

Les chasseurs de mammifères marins, phoques et baleines, avaient aménagé le site pour remiser sur la plage et sous des abris sommaires leurs légères embarcations en cuir de phoque tendu sur des bâtis de bois et de fanons de baleines. Les femmes y avaient entreposé leurs embarcations, destinées à la pêche aux coquillages et aux oursins.

Fahn et Fêh rejoignirent bientôt Kourt qui les aida à traîner vers la mer la lourde pirogue creusée au feu dans un tronc d'arbre. Au centre, un caisson en bois rempli d'argile supportait un foyer qui resterait allumé. C'était indispensable pour le confort des plongeuses qui allaient totaliser quelques heures d'immersion dans une eau glaciale vêtues de leurs seuls tatouages. Elles étaient fières de ces marques inscrites dans leur peau par Kurt avec une aiguille en os et de l'encre de seiche. L'opération avait été longue et un peu douloureuse, mais la fièvre inévitable étant passée, l'efficace magie des signes les protégeait maintenant contre les dangers inhérents à ces plongées.

« Qui plonge la première ? interrogea Fahn.
– Consultons les esprits », suggéra Fêh qui aimait croire aux mystérieuses statistiques révélant les intentions des esprits gouvernant le monde.

Fahn jeta trois coquilles sur le fond de la pirogue. Chacune, en retombant sur sa partie convexe ou son ouverture, contribuait au verdict final.

Fêh observa les trois porcelaines retournées :
« Tu as gagné ! C'est à toi de te jeter à l'eau la première… Je m'occuperai, pendant ce temps, d'entretenir le foyer ! »

Fahn se dévêtit courageusement avant de se laisser glisser dans l'eau glaciale. Elle eut un léger frisson à son entrée, mais comme il s'agissait d'une activité à laquelle elle s'était habituée, elle trouva rapidement son équilibre thermique. Allégée de son poids, elle évoluait gracieusement avec des gestes souples et efficaces en s'insérant à la perfection dans les courants liquides.

« Peux-tu me passer la pierre ? » demanda-t-elle à sa compagne, restée sur le bateau.
Fêh fit basculer le lourd galet relié à une corde, solidement fixée sur le bord de la pirogue.

Fahn referma la main sur le lien, au-dessus du nœud qui l'attachait à la pierre de lest, tout en tenant, de l'autre main, son filet. Après plusieurs profondes expirations et inspirations, effectuées tranquillement, elle s'immergea complètement pendant que sa compagne lâchait la lourde pierre qui l'entraîna vers le fond. Rapidement, la plongeuse dut pincer son nez tout en soufflant pour compenser la pression de l'eau, évitant ainsi que ses tympans ne deviennent douloureux. Elle se laissa couler jusqu'au fond, à une dizaine de mètres sous la surface de l'eau, vers un banc de moules prometteur.

Pendant plus de trois longues minutes, elle batailla avec sa spatule en bois de cerf pour arracher les moules et en remplir ses filets.

À bout de souffle elle tira deux fois sur la corde et Feh la déhala rapidement vers la surface. Elle se dirigea rapidement vers la surface miroitante où se détachait la forme sombre de l'embarcation. Elle émergea dans le remous effervescent d'un nuage de bulles en soufflant de toutes ses forces pour chasser l'air vicié de ses poumons avant de les remplir d'air frais. Elle s'accrocha au bordé, le temps de régulariser son souffle pendant que sa compagne remontait la pierre qu'elle laissa pendre le long de l'embarcation. Le filet bien garni fut jeté par-dessus bord… la pêche commençait bien !

Pendant toute la matinée, Fahn alterna immersions et émersions, remplissages et remontées de filets, jusqu'à ce qu'épuisée et grelottante, elle se décidât à se hisser sur la pirogue pour se réchauffer auprès des braises soigneusement entretenues pendant son absence.

« Une bonne pêche ! » constata-t-elle en lorgnant, les yeux encore brûlants de sel, sur le tas de bivalves qui occupait maintenant le fond de la pirogue.

Fêh approuva : « Une bonne journée ! C'est maintenant à mon tour ! » Abandonnant Fahn, encore ruisselante, elle se glissa à son tour dans l'eau glaciale et, empoignant la lourde pierre, se laissa entraîner vers le fond après une calme hyperventilation.

Notre plongeuse maîtrisait parfaitement l'apnée et avait découvert par hasard comment améliorer sa vision sous-marine en immobilisant, en équilibre, deux bulles d'air dans le creux de ses orbites... Planant gracieusement autour du récif, elle fit décoller une grosse pieuvre étalée sur le fond de tous ses tentacules. Elle suivit du regard l'énorme céphalopode jusqu'au moment où il se posa à nouveau sur le rocher, changeant de couleur en espérant passer inaperçu.

Elle saisit sa proie au-dessus de sa couronne de tentacules, dont les ventouses se plaquaient désespérément sur ses poignets. Elle se hâta alors de remonter, dans un nuage d'encre, pour jeter la masse de chair grouillante au fond de la pirogue où Fahn fit rapidement un sort au pauvre animal.

Fêh répéta l'opération tout au long de l'après-midi. Au cours de ses évolutions sous-marines, elle eut la surprise de croiser un phoque curieux qui l'avait peut-être confondue avec un de ses congénères. Elle dut malheureusement lui abandonner sa proie. Elle avait cru percevoir quelque chose d'humain dans son regard et n'avait pas osé s'opposer aux volontés de ce qui était peut-être un génie des eaux réclamant une offrande.

Nos deux plongeuses avaient maintenant leur quota de coquillages et de proies gigotantes : la traqueuse de poulpes se hissa sur le bordé puis dans la pirogue. Couverte de marques de ventouses et encore grelottante, elle se blottit frileusement près du foyer de braises chaudes pendant que Fahn pagayait doucement vers le rivage où Kourt remontait ses derniers filets.

« Tout va bien ?
– Aucun problème ! » répondirent simultanément les deux plongeuses, fatiguées mais souriantes. Visiblement, la pêche depuis le rivage était exceptionnelle, car Kourt s'agitait, enthousiaste, en désignant derrière lui une vasque remplie de ses prises de la journée, encore frétillantes sous la lumière de fin d'après-midi.

Les autres plongeuses aidèrent à traîner la pirogue sur le rivage en la faisant glisser sur un lit de rondins, tout en s'extasiant sur l'abondante récolte.

On fit rôtir les coquillages dans de grands feux. On tassa ensuite les chairs comestibles dans de larges récipients en écorce de bouleau pour les transporter commodément jusqu'au camp.

Rapidement, un gros tas de valves calcinées se constitua devant l'abri, témoignant pour l'éternité de ces journées inoubliables.

Les poulpes furent mis à sécher au soleil sur des cordages afin de les conserver plus longtemps. Prêts à être rôtis sur des braises, ils seraient toujours aussi succulents et appréciés de tous.

Le lendemain fut un jour de repos à l'occasion duquel Kourt, cuisinier émérite, prépara sa spécialité : de grandes platées de poissons cuits dans leur bouillon, une recette qui devenait une tradition locale.

Une cavité de la roche, parfaitement étanche, fit office de marmite improvisée dans laquelle on plongea les galets de la plage préalablement chauffés dans le feu. Ces galets incandescents provoquèrent rapidement une ébullition à très gros bouillons du mélange d'eau douce et d'eau salée dont on avait rempli la vasque.

Les poissons vidés furent plongés dans cette marmite avec des tubercules comestibles et des herbes aromatiques. Ce mélange exhala bientôt des arômes appétissants. Chacun put savourer daurades et loups proprement étalés sur des feuilles en guise d'assiettes, tout en dégustant, dans des récipients en écorce, le bouillon savoureux qui réchauffait les corps après ces longues heures passées dans une eau glaciale.

Pendant ce temps, les enfants fouinaient sur les plages à la recherche de dentales, ces jolis coquillages allongés dont la forme rappelait celle des défenses de mammouths. Facilement transformables en perles pour orner colliers ou vêtements, ils étaient très appréciés.

L'un des enfants rapporta une énorme coquille spiralée. Kourt lui montra comment la transformer en instrument de musique. Après en avoir soigneusement scié la pointe avec un éclat de silex, il régularisa l'embouchure en l'usant avec un petit galet de grès rugueux. Il expliqua ensuite comment y souffler pour obtenir un couinement sourd que l'on pouvait entendre de très loin. Il regretta bientôt son initiative, car un groupe d'insupportables adolescents ne se lassèrent plus de jouer des airs incohérents, dissonants et exaspérants, qui allaient maintenant accompagner les quelques heures de marche pour regagner le camp.

Il fallait maintenant se résigner à affronter les soucis augurés par les magiciennes. Pour l'heure, tout le monde était satisfait de cette parenthèse maritime et personne ne voulait croire aux appréhensions de nos deux cassandres...

Une grande cérémonie, prévue pour le printemps suivant, était en préparation. À cette occasion, la tribu s'était ralliée à un groupe nordique mené d'une main dictatoriale par leur chef surnommé « le Torve ».

Fahn avait exprimé en vain ses réticences, car elle croyait ce personnage possédé par un esprit pervers. C'est lui, en effet, qui avait contraint les innocentes populations nordiques à innover en cultivant des graminées aux semences comestibles. Cette pratique restait une graine de discorde entre deux visions du monde, celle des clans du nord et celle des clans du sud, où elle était taboue. Les débats dégénéraient souvent en affrontements houleux entre chasseurs et cultivateurs.

Depuis près d'une demi-lune, nos deux magiciennes s'inquiétaient des sinistres présages qui obscurcissaient l'horizon immédiat de la tribu. Réticentes cassandres, elles vérifiaient sans cesse leurs données. Elles espéraient rassurer la tribu, en dépit d'indices qui annonçaient l'arrivée d'une catastrophe de plus en plus probable.

Bêk, l'éternel sceptique, qui ne croyait qu'aux faits tangibles et dûment prouvés, ricanait à ces inquiétudes irrationnelles qu'il raillait comme superstitions infondées de bonnes femmes, tout en dégustant, à coups précautionneux de sa cuillère en corne de bouquetin, la succulente cervelle d'un ennemi nordique particulièrement haï avec la plus grande délectation[38]...

---

38. Le cannibalisme était très répandu encore au XIXe siècle, un peu partout sur la planète. En archéologie, il est souvent difficile à mettre en évidence, mais il a bien été attesté au Paléolithique inférieur et moyen, ainsi qu'au Paléolithique supérieur, dans la grotte de Maszycka (Pologne). Ces cas de cannibalisme ont été identifiés également au Néolithique, dans la grotte de Fontbrégoua (Var) et sur le site de Herxheim (Rhénanie-Palatinat) où il concerne plusieurs centaines d'individus.

VIII

18 000 ANS AVANT J.-C.

INITIATIONS PRÉHISTORIQUES

Vent de folie

Depuis le printemps précédent, un vent de folie soufflait sur la tribu. Cela commença un jour funeste, celui où le jeune loup que l'on venait d'apprivoiser apporta, tout joyeux, un énorme rat au campement. Les chasseurs furent touchés, mais surpris de cette sollicitude. Ils déchantèrent quand l'événement se reproduisit de plus en plus fréquemment alors que des hordes entières de rongeurs passaient de vie à trépas de manière inexplicable.

Ces événements, certainement prémonitoires, coïncidèrent avec des dérapages relationnels préoccupants, car échappant totalement aux usages bien établis. L'étrangeté du sentiment de propriété laissait place à des revendications inhabituelles dans cette société foncièrement égalitaire. Certains, parmi les plus jeunes, avaient de plus en plus de mal à se plier au respect de leurs aînés et multipliaient incivilités et exigences hors de propos.

Depuis quelques mois, cette graine de folie poussait, se répandait dans le terreau de cette communauté de chasseurs-cueilleurs en passe de basculer vers une néolithisation[39] trop précoce, indissociable de la

39. En Europe et au Moyen-Orient, le Néolithique correspond à un mode de vie basé sur l'agriculture et l'élevage. Cela marque une rupture entre le monde des chasseurs-cueilleurs, non producteurs, vivant en symbiose avec la nature, et celui des agriculteurs-éleveurs qui aménagent la nature à leurs besoins. On y voit aussi une révolution sociologique avec l'apparition d'une hiérarchie plus marquée des rapports sociaux, avec l'accumulation de biens, et avec l'apparition de guerres opposant ces sociétés au monde foncièrement égalitaire des chasseurs-cueilleurs.

germination des graines du pouvoir et de l'inégalité. Cette malédiction virale risquait de rompre l'harmonie fusionnelle avec la Grande Déesse.

Répandue d'abord chez les plus jeunes, cette tendance avait fait tache d'encre jusqu'à atteindre certains adultes fragiles ou prédisposés. Un des chasseurs jusqu'ici respectueux des règles de la tribu avait osé s'approprier la peau d'un bison tué par un autre, sans faire mine de se désavouer. Ces détournements du bien d'autrui dans le but de s'assurer une gloire usurpée et personnelle se produisaient de plus en plus souvent. Chacun ne rêvait plus que de se hisser absurdement au-dessus de son voisin. La sérénité de la tribu en pâtissait et la courbe de la bonne santé mentale de la population semblait plonger, de manière accélérée, vers des abysses.

Les manifestations psychosomatiques liées à ces comportements (chevilles qui gonflaient et les têtes qui enflaient) se faisaient de plus en plus fréquentes, comme le constataient les deux magiciennes de la tribu, Fahn et sa compagne Fêh, compétentes rebouteuses des corps et des esprits. Les troubles dont souffraient ces malades imbus de leur importance étaient, sans nul doute, l'expression organique d'une profonde atteinte épidémique.

En désespoir de cause, on noua des bandages serrés autour du crâne de ces malheureux, en espérant leur rendre leur volume normal. Ce remède était précurseur puisque pratiqué, plus tard et sous d'autres cieux, par certaines populations précolombiennes[40]. Malheureusement, toutes ces tentatives échouèrent.
On se mit sérieusement à soupçonner un virus invisible, une semence soufflée du nord par des vents maléfiques à partir des cultures expérimentales pratiquées par les barbares hyperboréens. Certains voyageurs revenant de ces régions lointaines y avaient bien remarqué, depuis longtemps, des infections dont personne n'avait pour l'instant mesuré la perversité.

---

40. Allusion aux déformations crâniennes pratiquées chez les Incas et Aztèques précolombiens par bandage de la tête chez les nourrissons.

Petit à petit, on se convainquit que ces ruptures d'un équilibre immémorial avaient été déclenchées par les pratiques contre nature des tribus établies au pied de la montagne de la Victoire.

Ces « peuples de la culture » blasphémateurs prétendaient réduire en esclavage plantes et animaux et les enclore, à leur seul profit, dans des enceintes confinées, pour les consommer les jours de disette. Certains considéraient que l'idée n'était pas si mauvaise, mais d'autres faisaient remarquer que, heurtant tous les tabous, ces pratiques étaient inacceptables. Les plus avisés restaient persuadés que la mauvaise graine de l'épidémie apparue pendant la dernière lune s'était échappée de ces enclos. La pratique éhontée et blasphématoire de ces offenses à la nature avait, à coup sûr, outragé la Grande Déesse, qui en était l'incarnation parmi les hommes[41].

On sentait déjà les effets de cet équilibre rompu, et de ces fuites en avant motivées par le virus de l'insatisfaction. On préconisa, en vain, de nombreux remèdes.

En réaction à ce grand mal, un groupe d'adorateurs de la Grande Déesse restaient tétanisés, espérant avec ferveur un retour au monde d'avant.
Ces amoureux transis, à la limite de la congélation dans leur dévotion à la Grande Déesse, étaient au bord du dégel fatal et de l'inceste blasphématoire menaçant de provoquer catastrophe climatique et remontée cataclysmique du niveau marin...

---

41. On a longtemps considéré que la consommation des graminées et l'invention de l'agriculture n'avaient eu lieu qu'à partir du Néolithique, mais, il y a quelques années, on a retrouvé des traces d'amidon sur des meules et broyeurs beaucoup plus anciens (Paléolithique supérieur ou ancien), ce qui prouverait des tentatives antérieures de domestication des espèces végétales. Voir par exemple :
MARIOTTI LIPPI, Marta, FOGGI, Bruno, ARANGUREN, Biancamaria, RONCHITELLI, Annamaria, REVEDIN, Anna. « Multistep food plant processing at Grotta Paglicci (Southern Italy) around 32,600 cal B.P. », *Proceedings of the National Academy of Sciences*, vol. 112 – n° 39, 29 septembre 2015, pp. 12075-12080.

Ces catastrophes pendaient au nez de la communauté, comme le montrèrent les rêves répétitifs de nos deux magiciennes. Elles reçurent les visions prémonitoires d'un futur noyé par la fonte des glaces et par la remontée inexorable de la mer sous l'effet d'une débâcle hors norme. De grands sacrifices conjuratoires furent, dès lors, envisagés. On organisa une expédition vers ces tribus du nord pour capturer des prisonniers. Cela suffirait-il à contenir les menaces d'une submersion imminente ?

La clé de l'initiation

Une énorme lune rousse parcourait son orbite au-dessus du campement paléolithique, basse et menaçante, au ras de l'horizon. L'astre inquiétant semblait surveiller la foule qui s'agitait, en délire, autour des grands feux allumés pour l'occasion : l'initiation des adolescents en passe d'être admis comme membres reconnus de la communauté des chasseurs.

Au centre d'un cercle de batteurs de tambours et de leurs mélopées lancinantes dansaient les guerriers. Ces colosses au corps enduit d'argile blanche s'oubliaient dans des transes sauvages pour se délester du poids des mauvais esprits et de leur influence néfaste sur une harmonie auparavant bien établie. L'avenir était sombre, mais on espérait que le sacrifice des prisonniers capturés lors de la dernière razzia dans les territoires du nord, au pied de la montagne de la Victoire, allait calmer les esprits et leur maîtresse, la Grande Déesse.

Depuis un mois, les prisonniers avaient été gavés par un régime riche en graisse de phoque. Traités en hôtes de choix, ils étaient parvenus à un embonpoint acceptable, comme le vérifièrent les sacrificateurs après avoir tâté les ventres bien rebondis. Enfin agréés comme victimes honorables, ils passèrent de vie à trépas par les coups bien ajustés de la massue de guerre d'Om, le grand prêtre, sous les acclamations enthousiastes d'un public très amateur de ce genre d'événements festifs. La liesse régnait parmi ses supporters alors que les cadavres étaient méthodiquement dépecés avec de grands éclats de silex.

Les crânes des victimes furent dévorés après avoir été brisés à grands coups de percuteurs. Ces populations nordiques, mal perçues par les fiers guerriers de la tribu, constituaient, comme par compensation, une nourriture excellente et fort recherchée.

Les officiants avaient une maîtrise incomparable de la découpe de la viande, car aucune trace d'ébrèchement ni d'usure n'était visible sur le fil des grands éclats de silex utilisés avec habileté. On se conforma aux croyances les mieux ancrées : les corps, magistralement démembrés, furent rituellement éparpillés dans la steppe pour conjurer le réchauffement climatique dont les effets se faisaient déjà sentir, depuis quelques années, par une raréfaction sensible du gros gibier.

La journée se termina par un festin où l'on déterra un bison entier, mis à cuire depuis la veille, sur des pierres préalablement chauffées, dans un immense trou creusé à même le sol. Ripailles et beuveries se poursuivirent tout au long de la nuit. Tous se congratulaient alors que les chants sacrés retentissaient, effrayant les animaux nocturnes de la steppe.
Ces rites, relevant de traditions immémoriales, étaient bien arrosés et le vin de sève de bouleau coulait à flots dans les gosiers. Le doux breuvage extrait des troncs de l'arbre sacré avait été transformé, par magie d'une longue fermentation dans des outres en peau, en une liqueur hydroalcoolique, prometteuse de changements de conscience aptes à favoriser le contact avec les ancêtres[42].

Le lendemain, il fallut retrouver l'accès qui ramènerait les futurs initiés à l'intérieur de la matrice de la Grande Déesse.

On ne parlait qu'en chuchotant du sanctuaire de l'initiation, car un mauvais génie, jusque-là enfermé au cœur d'une énorme stalagmite, y avait été malencontreusement libéré. Une secousse tellurique avait fait glisser le plafond, brisant le sceau de la chape cristalline qui avait confiné le maléfice dans sa prison minérale[43]. Depuis, personne n'osait plus

---

42. La sève de bouleau est consommée en Sibérie et donne une boisson alcoolisée par fermentation.
43. Un glissement du plafond de la grotte Cosquer a effectivement eu lieu (cf. page 25) postérieurement aux dessins de mains de la phase ancienne, entre 27 000 ans et 18 000 ans B.P. (Before Present).

fréquenter la grotte. Certains chamans avaient tenté de l'exorciser, en vain, en cherchant à effacer les empreintes[44] laissées par les ancêtres désavoués par cette convulsion des entrailles de la Terre.

Depuis, on amenait chacun à affronter cette funeste réactivation devenue esprit des lieux. C'était une très ancienne malédiction, abattue sur l'homme depuis qu'il avait voulu se hisser au-dessus de l'animal. Faire enfin face à la nature fictive de sa condition humaine était le seul moyen pour désamorcer l'affabulation à laquelle chacun se livrait en projetant son personnage sur la scène du monde. Oser la dissolution de cette entité hallucinatoire dans le champ clos de la grotte était l'unique voie pour basculer dans la vraie énergie de l'univers. C'était elle qui sous-tendait le bon ordonnancement animal et végétal, mais aussi la course des nuages, l'ordre des astres, des étoiles harmonieusement dispersées dans le ciel nocturne.

Les futurs initiés défilèrent, à la queue leu leu, comme de véritables loups de Poméranie, lieu mythique d'où les ancêtres lointains avaient amorcé leur longue migration jusqu'aux rivages de la grande mer salée.
On tâtonna longtemps pour retrouver l'étroite ouverture cachée sous la neige de la nuit, au pied de la falaise. C'est Jojo, le petit canidé, mascotte de la tribu, qui la découvrit le premier en faisant détaler un lièvre des neiges qui s'y était réfugié. À la vue de cette minuscule ouverture, les candidats à l'initiation frémirent. Il leur fallut du courage pour s'engager dans cet orifice que chacun franchit fièrement pour donner le change, mais tremblant en son for intérieur. On devinait presque les pulsations de leur cœur, battant la chamade dans l'attente de cette cérémonie initiatique.

Personne n'était vraiment rassuré, même quand on confia à chacun une torche en bois de résineux ou une coupelle en pierre dont la mèche en fibres de genévrier torsadées était imprégnée de graisse de phoque[45]. On

---

44. Certains dessins en négatif des mains de la phase ancienne ont été grattés par les artistes de la phase récente.
45. On a retrouvé ce type de lampe dans la grotte de Lascaux.

recommanda à chacun de garder lampes et torches allumées pendant la longue progression à plat ventre dans l'interminable boyau qui serpentait vers l'inconnu[46]. Il fallut ensuite se tracter laborieusement dans une argile rouge et collante, guidé par les innombrables signes gravés par les ancêtres qui s'étaient, eux aussi, engagés dans ce boyau sans fin. Sous peine de mort, personne ne pouvait s'éloigner de cette ligne de vie jalonnée de signes protecteurs.

À quatre pattes, rampant dans la boue, la file des officiants s'étirait dans le conduit obscur. Tout en pénétrant dans le ventre de la déesse, ils remontaient la ligne de vie jusqu'à sa source : la mort qui, comme chacun sait, est l'état dont toute vie est issue avant de s'agiter dans le théâtre du monde. Après une heure de tâtonnements aveugles, tous débouchèrent enfin dans la cavité sacrée. Ils tremblaient de tous leurs membres dans la terreur de cette confrontation à l'inconnu, réservée aux cœurs bien accrochés...

L'exploration commença dans une grande salle d'une soixantaine de mètres de diamètre. On entendait les pulsations des cœurs s'accorder aux sons rythmés des tambours faisant vibrer l'inconnu... Les candidats à l'initiation, poussés sans ménagements, pénétrèrent plus avant. Ils se dépouillèrent ensuite de leurs vêtements dans un silence sépulcral pour revenir au dénuement de l'embryon avant la naissance.

Les flammes fuligineuses faisaient danser des lueurs sur les parois en se reflétant sur les masques d'animaux des officiants. L'ambiance terrifiante en faisait frissonner plus d'un ! Cette fièvre, qui gagnait même les plus endurcis, était sensiblement augmentée par les décoctions de champignons consommées avant la cérémonie. Ces breuvages toxiques commençaient à faire leur effet en déclenchant des visions déstabilisantes de parois qui se gondolaient comme des voiles mouvants sur lesquels on voyait se projeter des troupeaux de chevaux et de bouquetins fuyant dans l'autre sens, vers la vie et la lumière de l'extérieur.
Une harde de chevaux en fuite couvrait les murs d'une alcôve au bout

46. À l'époque, le siphon d'accès n'était pas submergé.

d'un long couloir parsemé de gravures d'aurochs et de bouquetins. Au fond de la grande salle, ces animaux bousculaient des signes géométriques dont la compréhension n'était possible que par les exégètes d'une tradition immémoriale.

Lors de leur déambulation dans les recoins reculés de la grotte, les novices découvrirent les ancêtres des animaux. Leurs représentations, tracées au fusain, couvraient les parois. Les larmes évaporées de la grotte avaient partout laissé des cristaux brillants comme du sel, nappant la surface de certaines peintures.

Phoques, bouquetins et chevaux fantomatiques ou en gestation se matérialisaient tour à tour sur les parois, où ils se multipliaient dans la confusion des ombres et des lumières animées par les flammes dansantes des torches et des lampes à graisse.

Plus loin, tous se turent devant les témoignages de l'existence d'un monde autre, au-delà de l'entendement : les mains des ancêtres disparus étaient encore visibles, en négatif[47], sur les parois du présent. Leurs empreintes, auréolées de noir ou d'argile couleur de sang, indiquaient encore les lieux où ces anciens initiés étaient passés sur « l'autre scène », celle qui se trouvait de l'autre côté de la roche.
Le premier novice plaqua sa main gauche sur le mur calcaire et souffla le colorant à l'aide de l'os creux d'un gabian, le goéland sacré chargé de tenir la barre de chacun à travers les tempêtes de la vie. Le souffle ocre cerna le contour de la main en soulignant le moignon de l'annulaire, abandonné, d'un coup d'éclat de silex tranchant, aux esprits du grand puits aux offrandes[48]. Ce sacrifice symbolique, supporté sans

---

47. En référence aux nombreux dessins en négatifs faits au pochoir, au charbon ou à l'argile, dans la grotte Cosquer (cf. photo page 17).
48. Les mains dessinées au pochoir avec un ou plusieurs doigts manquants sont associées à l'art rupestre gravettien. Les plus célèbres sont celles de Gargas, dans les Pyrénées, et de Pech Merle, dans le Lot. Les interprétations des spécialistes sont partagées entre une mutilation volontaire ou un repli de certains doigts pendant l'exécution du dessin. Mais la netteté des tracés évoque des amputations volontaires, qui étaient pratiquées par certaines populations de Nouvelle-Guinée et par certains Indiens d'Amérique du Nord.

faillir, était de règle depuis des générations chez les adorateurs de la Grande Déesse. Ils marquaient ainsi leur volonté de se détacher de l'enfance pour atteindre un âge adulte auquel on ne pouvait accéder qu'en en payant le prix.

Le gouffre vertical et sans fond du puits aux offrandes menait directement au plus profond de l'utérus de la Terre Mère. C'est de là que surgissaient et revenaient, sans exception, les vies innombrables qui couvraient, dans toute leur diversité, la surface de la terre et le fond de la mer[49].

Mik, le dernier postulant, finit de vider d'un trait le liquide hallucinogène contenu dans un fragment de calotte crânienne. Il grimaça lorsque le goût amer du breuvage s'attarda sur sa langue. Il distinguait encore, dans l'obscurité, le regard du chaman, attentif à ses réactions. Il lui sourit... « Ce n'est que ça ? » pensa-t-il. C'est à ce moment que, dans un vertige, son univers bascula. La paroi de la caverne parut se déformer et ondoyer comme l'herbe de la prairie sous un fort mistral. Des animaux surgissaient du néant, menaçant de le percuter. Ces troupeaux de bouquetins et de chevaux tournoyaient en une grande spirale et il se sentit attiré, aspiré vers la source de ce gigantesque maelstrom. Il se révulsa au début, pour abandonner ensuite toute résistance en se laissant entraîner dans le sillage de son guide. Il n'était plus certain de percevoir son image familière, mais plutôt celle d'un énorme bison qui le précédait au-delà de la paroi de la grotte...

Alors qu'ils suffoquaient et toussaient dans la fumée des lampes, d'autres transformations débutèrent. Chacun crut se décomposer pour se recomposer sous la forme de son animal protecteur. Perdant connaissance, le voisin de Mik se vit devenir panthère. Cet homme chat se roula sur le sol en miaulant... Un autre, aliéné dans une hallucination somnambulique, crut troquer sa forme actuelle pour celle d'un phoque[50]... L'un après l'autre, chacun se démontait et se recomposait avant de se dissoudre dans l'utérus de la Grande Déesse, inexorablement entraîné à se fragmenter et à se reconstituer, sans aucune logique, en son équivalent animal pour

49. En référence au mythe d'émergence décrit par J.-L. Le Quellec dans *Art des grottes et mythologie préhistorique*, in Lettre de la Société des Amis du Musée de l'Homme.

50. Allusion à la gravure d'un homme-phoque représenté dans la grotte Cosquer (cf. page 24).

aller ensuite au-delà, retrouver son état originaire, celui d'avant sa naissance[51].

Les identifications animales s'estompèrent alors pour laisser place à un univers d'énergie pure, un vide dynamique, au-delà de toutes les représentations mentales connues.
Les initiés basculèrent l'un après l'autre dans ce néant créateur, l'énergie pure que les prêtres appelaient le « Grand Klôt » faute de pouvoir lui donner un nom.[52]

L'initiation avait pour effet de ramener le participant jusqu'à son noyau de vide intérieur. Il ne pouvait alors que se taire et disparaître en désamorçant la folie humaine du virus du « Pousse-toi de là que je m'y mette » indissociable de l'aventure délirante de tout un chacun. Ce désir d'importance serait sans cesse en danger de ressurgir, développant désordres sociaux, épidémies de meurtres et ambitions absurdes d'une espèce restée depuis foncièrement égarée.

Après avoir touché le fond de ce néant, chacun devait ensuite s'en arracher et s'acheminer vers une reconstruction fictive, purgé de ses illusions. Cela ne pouvait passer que par la confrontation avec le phallus d'argile, oublié à la naissance, selon la légende, au fond du corps de la Grande Déesse[53].

Les candidats furent guidés vers un étroit diverticule où trônait ce mythique bouchon à combler les vides, outil qui avait le pouvoir de projeter chacun vers une nouvelle plénitude hallucinatoire. Les initiés, entraînés par cette énergie fantasmatique, se sentirent retraverser le big-bang de leur naissance puis le miroir des apparences pour se matérialiser dans le prosaïque, mais illusoire, monde extérieur.

Pensifs mais fiers, les nouveaux initiés, après s'être assuré d'être toujours entiers, se dirigèrent sans demander leur reste vers le couloir qui menait,

---

51. Inspiré par les fantasmes de morcellements bien connus des psychanalystes.
52. Inspiré par la doctrine des taoïstes chinois.
53.Allusion à la gravure de phallus trouvée dans la grotte Cosquer.

après une longue reptation, à la lumière de la steppe enneigée qu'ils avaient quittée. Ils se retrouvaient alors encore un peu sonnés par cette aventure qui avait remis en question leurs convictions les plus assurées.

Clignant des yeux à la lumière du soleil, Mik – le jeune chasseur – et les autres initiés se dirigèrent vers un cercle de pierre, au milieu du camp où Fahn et Fêh, les deux magiciennes, clôturèrent la cérémonie par le bris de statuettes en pierre et en ivoire de mammouth représentant la Grande Déesse. Les débris furent rituellement enterrés, comme on le faisait avec le placenta après un accouchement, pour empêcher toute nostalgie de retour en arrière[54].

Pressentiments de fin du monde ?

Au fil des générations, comme le craignaient les anciens, les rites d'initiation furent progressivement oubliés. Les chamans de la tribu firent remarquer que l'abandon des valeurs traditionnelles allait de pair avec les profondes modifications climatiques que l'on commençait à constater… Le climat se réchauffant, les anciens notèrent que les plages de leur enfance étaient maintenant recouvertes par la mer, qui semblait avide de grignoter le territoire de la tribu. Selon les croyances, environnement et comportements humains étaient liés. On conjectura que la fuite du gros gibier et les tentatives récentes de réduire plantes et animaux en esclavage n'étaient pas étrangères à cette submersion interprétée comme

---

54. Une étude récente des nombreuses statuettes en calcaire du site russe de Kostienki a montré qu'elles avaient été sculptées puis cassées et démantelées, ce qui rappelle le fantasme de morcellement décrit par la psychanalyse. Par ailleurs, les sacrifices humains pratiqués au Pérou étaient suivis par un morcellement et un éparpillement des corps chez les Mochicas de la Huaca de la Luna, sans doute pour conjurer des inondations catastrophiques du type El Niño (Claude Chauchat, communication orale).
DUPUY, Delphine – « L'incomplétude et le morcellement du corps féminin dans l'imaginaire paléolithique : les sculptures gravettiennes de Kostienki 1-I (Plaine russe – 22 000-23 000 ans B.P.) », in *L'art pléistocène dans le monde/Pleistocene art of the world/Arte pleistocene en el mundo*, sous la direction de J. Clottes, actes du Congrès IFRAO, Tarascon-sur-Ariège, septembre 2010.

punitive. Pour conforter ces craintes, la mer semblait s'avancer inexorablement.

Dans les siècles qui suivirent, la mer remonta vers le pied du sanctuaire sacré avant de profaner le couloir d'accès bientôt submergé. Tracé au fusain, le bas du panneau des petits chevaux, rattrapé par la mer, commença à s'effacer pendant qu'un petit crabe, régulièrement inondé au fil des saisons par les eaux calcaires de ruissellement, était recouvert de couches de calcite, ainsi condamné à garder le sanctuaire pour l'éternité.

Un nouveau monde, ignorant de la clé initiatique des derniers chamans de la grotte ornée, s'annonçait pendant que la vie des chasseurs du cap Morgiou sombrait dans l'oubli sous les vagues de la Méditerranée.

IX

1991

Rivages engloutis et monde révolu

Sous la mer… des plages !

Dans la rade de Marseille, pas très loin du rivage, une troupe de dauphins se laissait aspirer par le sillage du navire de recherches océanographiques. Ils profitaient de la situation pour effectuer des sauts joyeux à la grande satisfaction des passagers. L'excitation fut à son comble quand on croisa, un peu plus loin, un rorqual d'une quinzaine de mètres, soufflant un jet d'eau vaporisée.

Le confinement humain avait certainement eu un effet sur la faune terrestre et subaquatique. Plus inquiétés, les animaux reprenaient leur véritable place dans une nature devenue plus sereine. Près d'Aix-en-Provence, les loups revenaient rôder autour de la Sainte-Victoire pendant que les sangliers sortaient des frontières du parc national des Calanques. Pour leur part, les ragondins s'échappaient du parc Borély pour descendre vers le Vieux-Port, déserté de ses habitants. Le virus prenait enfin sa revanche sur une humanité croyant avoir asservi la nature.

Cette situation difficile n'avait pas pour autant arrêté les recherches scientifiques et, pour l'heure, une campagne océanographique battait son plein dans la rade de Marseille. Ce projet avait abouti grâce à une efficace collaboration entre le laboratoire d'archéologie du professeur Barokian et celui de géologie marine du professeur Gérard Leblanc. Depuis son laboratoire de Luminy, à l'orée du parc national des Calanques, ce dernier menait de passionnantes recherches sur l'histoire des plateaux continentaux. Un programme d'étude international, longuement et soigneusement élaboré, s'amorçait enfin par l'observation de la plate-forme sous-marine qui s'étend au large du littoral, sur une vingtaine de kilomètres, entre la ligne de côte et le bord des canyons profonds descendant jusqu'à 1 500 m sous la surface.

Cette prospection était un premier essai et nos scientifiques en espéraient des résultats novateurs.

C'était, de surcroît, l'occasion de faire œuvre pédagogique en initiant un petit groupe d'étudiants aux arcanes de ces recherches pionnières. Tout se passait très bien malgré quelques cas avérés de mal de mer chez certains doctorants encore mal amarinés.

Les études préliminaires avaient reconstitué une topographie sous-marine géologiquement très parlante. Cette cartographie avait dévoilé, entre le rivage et la profondeur de -200 m, les détails d'un grand plateau calcaire, peu envasé et encore marqué de reliefs creusés avant la remontée du niveau marin qui, depuis 20 000 ans, avait accompagné le réchauffement climatique après la dernière glaciation[55]. Plusieurs talus sous-marins indiquaient des rivages potentiels. Le chalutier *Jacques-Laborel* avait dirigé ses investigations vers une pente bien marquée, située à 100 m de profondeur, au sud du phare de Planier.

Un des collaborateurs du professeur Leblanc, le docteur Filipo Fioritino, de l'université de Naples, avait été intégré à l'équipe scientifique pour cette première campagne océanographique. Ce jeune savant, au *curriculum vitae* impressionnant, avait acquis son expérience par l'étude d'anciens volcans sous-marins au large de Naples, mais aussi par la cartographie détaillée des hauts-fonds situés au large de Gibraltar, là où le philosophe Platon situait sa mythique Atlantide. Filipo faisait régner une ambiance sympathique de franche camaraderie au sein d'un groupe d'étudiants amusés par son accent bien marqué. Ils l'avaient immédiatement apprécié et adopté comme l'un des leurs.

---

55. COLLINA-GIRARD, Jacques – « Présentation d'une carte bathymétrique au 1/25 000° du précontinent marseillais (au large de la zone limitée par la grotte Cosquer et l'habitat préhistorique de Carry-le-Rouet) », in *Géologie méditerranéenne*, éditions de l'université de Provence, tome XIX, n° 2, 1992, pp. 77-97.

Après avoir couvert le proche littoral, le navire louvoyait plus au large, aux abords de l'îlot de Planier. La mer était calme et sans rides. Les conditions s'avéraient parfaites pour effectuer plusieurs relevés sismiques à travers les formations géologiques sous-jacentes au fond de la mer.

Le *Jacques-Laborel*[56], aménagé à cet usage, traînait au bout d'un câble un lourd « poisson » métallique qui envoyait des impulsions sonores vers le fond pour les analyser à leur retour. Cette technique de routine permettait d'obtenir, après interprétation des rebonds de ces ondes dans les dépôts empilés au fond de la mer, des profils mettant en évidence la nature et l'agencement des nappages sédimentaires sous la surface du plancher océanique.

Plusieurs profils sismiques relevés à travers un escarpement sous-marin au sud-ouest du phare de Planier avaient démontré qu'il s'agissait d'un empilement de dépôts de vase et de sable, formant un ressaut en direction du large. Ce talus sédimentaire reposait sur le soubassement calcaire du massif des Calanques et de ses îles.

Le groupe d'étudiants enthousiastes brûlait d'en savoir plus. Le professeur Fioritino leur exposa, avec sa simplicité et sa clarté habituelles, les opérations à venir. Tous étaient très attentifs sauf quelques-uns, affectés par des nausées tenaces qu'ils tentaient de soigner au Coca-Cola, pendant que l'éternel et impitoyable boute-en-train du groupe les titillait de plaisanteries de mauvais goût.

Les techniques utilisées avaient été auparavant exposées en salle de classe à ces étudiants néophytes, qui en voyaient maintenant l'application. L'approche des examens de fin d'année ajoutait certainement à leur exceptionnelle assiduité, même si la plupart étaient sincèrement passionnés et fascinés par l'histoire récente de la remontée du niveau de la Méditerranée sur des territoires où avaient vécu les chasseurs préhistoriques du temps de la dernière glaciation.

---

56. En hommage à Jacques Laborel (1934-2011), biologiste marin de la station marine d'Endoume.

Le bateau était maintenant stabilisé par un système GPS exactement à la verticale de la rupture de pente. On espérait, par un prélèvement bien placé, confirmer la présence de sédiments littoraux engloutis ici, à plus de 100 m de fond.

On lâcha à l'aplomb du point considéré un lourd carottier qui, entraîné par son poids, pénétra et se referma dans la vase du fond. On put alors remonter sur le pont un prélèvement qui avait traversé un mètre cinquante de sédiments meubles. L'ouverture en laboratoire de cette carotte montra qu'aux vases fines de surface succédaient, en profondeur, une accumulation de galets de la taille du poing et des sables littoraux truffés de coquilles de moules. C'était ce qui subsistait de la plage d'un ancien rivage, indiquant une période de stagnation de la mer à une époque ancienne.

La présence de ces valves de coquillages littoraux était une aubaine. Constitués de carbonate de calcium, ils allaient permettre une datation directe par une analyse au carbone 14 confiée à un laboratoire spécialisé. La date tomba quelques semaines après : on eut alors la certitude que 14 000 ans auparavant, les vagues se brisaient sur un littoral actuellement englouti, à 100 m de fond[57].

« Ce résultat est tout à fait en accord avec nos connaissances », remarqua le professeur Leblanc avec son enthousiasme proverbial. En tant que pédagogue, il pouvait saisir l'occasion de rappeler aux étudiants que 20 000 ans plus tôt, au maximum de la dernière glaciation, la surface de la mer se trouvait à 130 m de profondeur, à la limite des têtes de « canyons » creusés 6 millions d'années auparavant, lorsque la clôture du détroit de Gibraltar avait provoqué une chute du niveau marin d'au moins 1 500 mètres.

Pendant que notre spécialiste exposait ce résultat devant un parterre ébahi, d'autres recherches sous-marines se déroulaient au pied de l'îlot

57. COLLINA-GIRARD, Jacques, Degiovanni, Claude et LAFFONT, Raymond – « Datation d'un paléorivage submergé en rade de Marseille » in *Comptes Rendus de l'Académie des Sciences*, Paris, tome 322 (série IIa), 1996, pp. 341-344.

du Grand Congloué, à l'extrémité est de l'île de Riou. On y avait envoyé un doctorant plein d'avenir, Sylvain Doradoretto, biologiste passionné et moniteur de plongée accompli. Son intérêt pour le milieu subaquatique l'avait conduit à s'intéresser à la biologie des « trottoirs », ces encroûtements composés d'algues calcaires qui bordaient les littoraux du parc national des Calanques, dans la zone de battement des vagues.

Son intérêt avait changé de cap au moment où, prélevant des échantillons lors de plongées profondes, il avait découvert des encroûtements comparables, mais fossiles, indiquant des niveaux littoraux révolus. Cette confrontation avec les abîmes du temps avait fait basculer ses préoccupations de biologiste vers des questions plus géologiques qui l'avaient amené à explorer une falaise sous-marine, couverte de grandes gorgones violacées, se terminant au sable vers 55 m de profondeur.

Il survolait la plaine de sable immaculé au-delà de la falaise rocheuse de ce « tombant » profond. C'était une aventure dangereuse, car Sylvain plongeait à l'air comprimé, ce qui nécessitait de longs paliers de décompression. Si son euphorie était sans mélange, il lui fallait rester prudent : ce symptôme pouvait aussi annoncer la fameuse « ivresse des profondeurs » inhérente à ces incursions subaquatiques profondes. Le risque qu'il prenait était encore augmenté par l'intensité de son travail sous-marin, qui consistait à effectuer des prélèvements à la main avec le seul secours de sa lourde masse et de son burin.

Au moment précis de l'exposé du professeur Leblanc, Sylvain bataillait pour prélever, dans un renfoncement d'une ancienne grotte noyée, un bloc de concrétions fossiles adhérant encore à la roche. De toute évidence, ces encroûtements étaient tout à fait semblables à ceux visibles de nos jours près de la surface, dans la zone de battement des vagues. Mais on les retrouvait ici à plus de 50 m de profondeur ! Sylvain pourrait ainsi démontrer dans sa thèse, dont la soutenance était imminente, la présence évidente d'un ancien niveau marin situé beaucoup plus bas que l'actuel, à 55 m de profondeur. Le succès serait complet s'il pouvait ensuite faire dater au carbone 14 ce vestige fossile de « trottoir à lithophyllum ».

Sylvain jubilait, alors que l'intoxication par l'azote qu'il respirait sous pression avec son oxygène accentuait son euphorie. Il devait maintenant regagner la surface et se préparer à un long palier de décompression. Il lui faudrait marquer un temps d'arrêt à -6 m pendant 25 minutes, puis à -3 m pendant un quart d'heure, avant de pouvoir émerger à l'air libre pour se hisser ensuite dans son embarcation. Cette procédure prévenait tout risque d'accident, car plonger à l'air comprimé à ces profondeurs pouvait être dangereux, surtout si on pratiquait un travail physique intense.

Après avoir enfermé son prélèvement dans un sac en filet, il l'envoya vers la surface grâce au « parachute », ballon qu'il avait gonflé avec son détendeur de secours.

Sylvain palma ensuite doucement pour se déhaler à la chaîne de son mouillage, après avoir vérifié que son ancre ne s'était pas « enraguée », coincée sous un rocher. L'esprit parfaitement clair, il entama sa remontée, une main après l'autre, sans jamais dépasser les plus petites bulles produites par sa respiration.

Après avoir effectué les longs paliers indispensables, il émergea dans la violente lumière méditerranéenne à côté de son embarcation, dans un bouillonnement de bulles.

Une fois remonté sur le bateau, il s'aperçut qu'il avait oublié son burin quelque part au fond. Il essaya de se remémorer les instants qui avaient précédé cet oubli incompréhensible, en vain. Ce trou de mémoire dans son passé immédiat restait inexplicable. Dommage ! Quelqu'un retrouverait peut-être, dans un futur lointain, cet outil perdu ! Il avait égaré là un fidèle compagnon de ses très nombreuses plongées, songea-t-il en enlevant le haut de sa combinaison en néoprène, rapiécée et à la couleur pâlie par le sel et le soleil.

Au laboratoire, quelques semaines après cette petite aventure, les résultats de l'analyse au carbone 14 tombèrent : ce trottoir d'algues littorales matérialisait un rivage fossile datant de 10 000 ans !

Il eut la satisfaction de tenir là un nouveau jalon dans la connaissance de la remontée de la mer sur nos côtes. Le succès de la soutenance de sa thèse serait certainement brillamment assuré par ce nouveau résultat ![58]

Il fallait se rendre à l'évidence : cette élévation inexorable du niveau de la mer à la fin de la dernière glaciation se poursuivait de nos jours, comme le montraient les toutes dernières mesures altimétriques par satellites[59]. Le fait commençait à inquiéter les politiques qui, démunis, multipliaient les gesticulations conjuratoires en espérant ainsi assurer leur succès aux prochaines élections.

Le bonheur de Sylvain aurait été complet si on avait pu fouiller un de ces sites préhistoriques irrémédiablement engloutis qui gisaient certainement quelque part sous la mer. On parlait beaucoup dans l'actualité d'un tout nouveau modèle de sous-marin qui semblait ouvrir d'heureuses perspectives.

---

58. SARTORETTO, Stéphane, VERLAQUE, Marc et LABOREL, Jacques – « Age of settlement and accumulation rate of submarine "coralligene" (-10 m to –60 m) of the northwestern Mediterranean sea; relation to Holocene rise in sea level », in *Marine Geology*, volume 130, n° 3-4, 1996, pp. 317-331.
59. CAZENAVE, Anny – « Les variations actuelles du niveau moyen de la mer », in *Comptes Rendus de l'Académie des Sciences*, série « Terre et planètes », volume 329, n° 7, 1999, pp. 457-469.

X

1991

LE SOUS-MARIN JAUNE

À Marseille, les connaissances océanographiques progressaient à grands pas. Un ancien compagnon du commandant Cousteau, le professeur Rémi Gombert, était devenu l'un des plus farouches défenseurs d'une idée originale, celle de la remise au goût du jour d'un submersible civil novateur conçu par le légendaire explorateur au bonnet rouge. Ce sous-marin avait été mis au rencart depuis la disparition du commandant Cousteau, faute de crédits et d'un porteur du projet fiable.

Le submersible avait l'originalité de combiner le confort d'une maison sous la mer et la mobilité d'un sous-marin autonome. Pour résumer, une sorte de mobil-home subaquatique permettant la navigation autonome, en toute sécurité, vers des lieux de plongée, même situés très loin au large.

Une fois sur place, les scaphandriers embarqués restaient en saturation permanente, avec possibilité de séjours subaquatiques à durées indéfinies. Les plongeurs respiraient alors des mélanges gazeux adaptés. Les paliers de décompression nécessaires ne s'effectuaient qu'à la fin de la mission dans un caisson et au sec, pendant un temps assez long, mais avec des garanties de confort et de sécurité maximales.

Relancer le projet et remettre à flot ce « sous-marin jaune » avait été une obsession diurne et nocturne pour le dynamique Rémi Gombert. Il en perdit l'appétit et le sommeil, mais réussit, après avoir remué ciel et terre et au risque de se montrer importun, à organiser la rénovation du submersible abandonné depuis des décennies.
Rémi Gombert était un personnage prolixe et hors norme, dont la passion

envahissante virait à l'obsession. Mais seul un fou des mers pouvait débloquer les moyens pour lancer ce projet de maison sous la mer autonome et autopropulsée. La remise en état de cet engin allait permettre de prospecter certains paysages sous-marins en toute sécurité, de visu et dans les moindres détails.

Le submersible, prévu pour descendre en toute sécurité au-delà de -600 m, autorisait la sortie de plongeurs jusqu'à -400 m. Il répondait exactement aux attentes des archéologues désireux d'explorer la préhistoire engloutie de la rade de Marseille, restée quasi inconnue jusqu'à nos jours.

La première mission de ce nouvel outil au large de la cité phocéenne allait certainement aboutir à des découvertes archéologiques hors du commun, susceptibles de nous plonger dans un passé littoral insoupçonné.

Ce sous-marin affecté aux recherches archéologiques avait été baptisé *Saïga*[60], nom d'une petite antilope de la steppe de l'actuel Kazakhstan qui proliférait dans nos régions pendant la dernière glaciation. D'une longueur de trente mètres, il pouvait embarquer six hommes d'équipage et disposait d'un compartiment hyperbare.

Le submersible pouvait sans difficulté parcourir 200 milles nautiques, se poser sur le fond à proximité des zones à explorer et revenir dans son hangar, en bordure de l'étang de Berre, sans jamais avoir refait surface. Ce véritable sous-marin, mis au point à partir de prototypes militaires allemands de la fin de la dernière guerre mondiale et modifié pour un usage civil, était, contrairement aux bathyscaphes embarqués, totalement autonome. Il pouvait naviguer en empruntant, si besoin, fleuves et canaux.

Dès les premières plongées, on découvrit une grotte oubliée dont l'immense porche, immergé au pied du Grand Congloué, se trouvait

---

60. Allusion au sous-marin *Saga,* actuellement remisé dans un hangar du port de l'Estaque à Marseille.

actuellement à 130 m de fond. Ce porche d'une vingtaine de mètres de hauteur évoquait les grottes paléolithiques de Dordogne d'où l'on avait exhumé outils en silex taillés et ossements d'animaux abattus par les chasseurs préhistoriques[61].

Avec l'appui logistique du *Saïga*, immobilisé sur le fond, on envisagea d'effectuer des sondages sous ce porche en utilisant une suceuse à air comprimé, espérant exhumer des témoignages archéologiques des Marseillais du dernier maximum glaciaire.

On pensa immédiatement au célèbre professeur Isidore Bienfait pour superviser ces délicates opérations subaquatiques. Préhistorien de renom et auteur de nombreuses fouilles en France et à l'étranger, ce Provençal de cœur avait déjà conduit des prospections sous-marines sur le littoral marseillais avec son ami de toujours Jean Courtaud. Plongeur expérimenté, ce dernier ne refuserait certainement pas cette palpitante opportunité d'entreprendre, pour la première fois, une campagne de fouilles dans une grotte sous-marine susceptible de livrer des traces d'occupation paléolithique[62].

La campagne fut longue, laborieuse et, à ces profondeurs, malgré l'emploi de techniques novatrices, dangereuse. Les risques de ces plongées en milieux confinés n'étaient pas totalement écartés. Il fallait aussi, et ce n'était pas évident, étayer efficacement le puits creusé par la suceuse, alors que le bouleversement des sédiments rendait la visibilité quasi nulle. Sur la plate-forme flottante, où se déversaient vase et cailloutis aspirés du fond, l'équipe de surface voyait s'accumuler sur la grille métallique qui tenait lieu de tamis les cailloux provenant du délitage de la grotte et de l'éclatement du calcaire lors des coups de froid de la dernière période glaciaire.

---

61. Allusion aux fouilles de la grotte de la Trémie à Cassis par Eugène Bonifay et Jean Courtin, par 20 m de profondeur.

62. Allusion aux campagnes de prospection de préhistoire sous-marine réalisées par Eugène Bonifay et Jean Courtin, entre Carry-le-Rouet et Cassis, à bord de l'*Archéonaute*, dans les années 1966-1968.

Ce n'est qu'au bout d'une longue semaine que la suceuse commença à cracher sur le tamis quelques fragments d'ossements de bisons que le professeur Bienfait reconnut immédiatement, car il avait, grâce à son épouse, une grande expérience de l'ostéologie des grands mammifères paléolithiques. Les restes remontés de la grotte abondèrent bientôt et se révélèrent tous caractéristiques de la dernière période glaciaire. Dents de chevaux et ossements de cervidés et d'antilopes saïga s'accumulaient dans les bacs en plastique. Ces vestiges émouvants, révélateurs d'un monde révolu, étaient rangés avec délicatesse au fur et à mesure de leur exhumation.

Le professeur Bienfait put extraire de cette grotte sous-marine une carotte de plus de cinq mètres, bientôt remontée au grand jour.

La presse était là quand le Saïga revint s'amarrer sur le quai du charmant petit port du Masque, terminus obligé de tous les autobus de la métropole, entre le Vieux-Port et l'Estaque. Ce fut un triomphe quand l'ouverture de la carotte révéla, coincé entre deux lits de vase très fine et encore humide, un squelette d'oiseau un peu écrasé mais parfaitement conservé. Cette malheureuse pie avait encore toutes ses plumes et ses ailes écartées semblaient prêtes pour un envol malheureusement avorté et figé pour l'éternité, comme celui d'un moustique entre deux pages d'un livre. Le professeur Bienfait, encore ému par cette découverte exceptionnelle, l'exhibait fièrement devant les journalistes quand, tout à coup, les contours du fossile, détruit par le contact avec l'atmosphère, s'estompèrent et s'affadirent avant de s'effacer totalement, l'oiseau devenu évanescent se soustrayant aux regards d'une foule atterrée et déçue[63].

Malheureusement, aucune preuve tangible ne demeura de ce vestige exceptionnel. Cet événement laissa les témoins totalement stupéfaits, « comme deux ronds de flan », écrivit un journaliste du Petit Canard Maritime. Tous étaient très déçus, car personne n'avait eu le réflexe d'appuyer sur le déclencheur de son appareil photographique.

63. Communication orale d'Eugène Bonifay au sujet d'un épisode de sa fouille dans la grotte de l'Escale à Saint-Estève-Janson, près d'Aix-en-Provence.

Des jaloux mal intentionnés, sans doute porteurs malsains du virus P.L.M.85, insinuèrent que le professeur Bienfait avait été victime d'une hallucination, mais tous les autres témoins unanimes le défendirent en dénonçant une conspiration probablement venue de Paris. La question revenait de manière insistante dans tous les articles d'une presse alléchée par la perspective de confrontations à livrer à ses lecteurs.

Au terme d'une semaine de fouilles ininterrompues, le professeur Bienfait se proposa d'effectuer une dernière plongée *in situ*, accompagné de son collègue Jean Courtaud, pour se rendre compte lui-même de l'avancement des travaux de cette première campagne.

Le *Saïga* refit surface pour embarquer nos deux savants vers une plongée à remonter le temps. Certains membres de l'équipage semblaient s'inquiéter de l'enthousiasme excessif du professeur Bienfait qui risquait de lui faire oublier les consignes de sécurité. On rassura les plus anxieux en garantissant que Jean Courtaud, plongeur expérimenté, veillerait au grain à la moindre manifestation de folie sous-marine.

Au fond, la vase en suspension avait décanté. La paroi du puits creusé par la suceuse présentait, comme un livre ouvert, la succession des couches sédimentaires et archéologiques entassées depuis la nuit des temps sous le plafond de la mystérieuse grotte sous-marine.

Sous un mètre de vase fine reposaient des dépôts caillouteux, entre lesquels s'intercalaient des niveaux plus organiques faits des cendres et du charbon des anciens foyers allumés par les hommes préhistoriques, comme l'expliqua, par gestes surexcités et enthousiastes, le professeur Bienfait.

Scrutant un de ces niveaux chargés de toutes les promesses, il eut le regard accroché par le reflet luisant d'un objet qu'il réussit à sortir de sa gangue. Après l'avoir nettoyé du sédiment qui le recouvrait, il reconnut sans hésiter un superbe burin en silex typique de la période gravettienne, datée par les archéologues de près de 30 000 ans. Jubilant, dans un nuage de bulles, il tentait sans succès d'expliquer sa trouvaille à son collègue, en multipliant des gestes qui pouvaient paraître incohérents vus de l'extérieur.

Pour l'heure, Jean Courtaud avait d'autres chats à fouetter, car il était occupé à soulever un énorme bloc pour mieux dégager l'entrée du site. De leur côté, les nageurs de combat surentraînés qui suivaient l'opération réagirent instantanément en plaquant le professeur Bienfait, qui ne lâchait pas pour autant sa trouvaille. Ils réussirent à le traîner jusqu'au puits d'homme par lequel ils hissèrent dans le sous-marin, avec la plus parfaite maîtrise, le savant de Marseille qui leur glissait sans cesse entre les mains.

À l'intérieur du *Saïga,* le professeur, en sécurité mais toujours sous pression, tranquillisa ses sauveteurs. Il fut ensuite confiné pour désaturation, sous surveillance médicale, dans le caisson hyperbare du véhicule. Il triomphait, car sa découverte était exceptionnelle, comme il le raconta abondamment lors des nombreuses conférences de presse qui suivirent.

Malheureusement, il fallut croire sur parole le professeur Bienfait. En effet, il déclara à la presse déçue avoir voulu montrer le burin paléolithique à un des ouvriers, qui l'avait emprunté pour l'édification de son rejeton. Malheureusement, ce père attentif, personne réputée de confiance, avait égaré le précieux témoignage[64].

À moins qu'il n'ait été subtilisé par un collègue jaloux et pervers, un malade asymptomatique atteint du virus P.L.M.85 ? « C'est l'hypothèse la plus probable », avait affirmé l'inspecteur chargé de l'enquête policière, très familier de ce genre de délits de plus en plus fréquents dans une ville en pleine folie virale et soumise, de surcroît, à des filières quasi mafieuses soupçonnées d'agir en sous-main depuis des banlieues aixoises mal famées.

Pour être tout à fait complet, on évoqua aussi, à partir des dires d'un marabout africain, une autre hypothèse : celle que le chasseur paléolithique qui avait fabriqué cet objet clé fût revenu, en rêve, pour récupérer son bien dans le songe éveillé du professeur Bienfait.

---

64. La découverte de ce burin est citée dans la thèse d'Eugène Bonifay. Trouvé à 20 m de profondeur, à l'occasion d'un carottage lors de la construction du port de l'Estaque, il aurait été ensuite égaré.

Comme dans ces deux exemples de mise au jour improbable d'objets paléontologiques ou archéologiques hérités du Paléolithique et reperdus ensuite, la clé de la vérité se retrouve puis se perd, au fil des générations, successivement aliénées au fil d'errances sans cesse relancées.

Discussions de café

Dans le Vieux-Port de Marseille, sur le quai de Rive-Neuve, la terrasse du bar de la Marine était le cadre d'une conversation des plus animées. Cet établissement était le rendez-vous de tous les touristes depuis qu'il avait été immortalisé par la trilogie des films de Pagnol et par l'inoubliable Raimu, magistral acteur qui avait, à cette occasion, atteint l'immortalité.

Les membres du laboratoire d'archéologie du professeur Barokian étaient tous réunis pour fêter les récents succès de l'œil du « chronoscaphe », récemment envoyé dans le passé lointain des calanques. Cette amicale réunion était devenue rituelle. Elle se déroulait tous les vendredis à partir de 12 h 30, ponctuellement, autour d'un somptueux aïoli, plat du jour et spécialité de la maison, proposé par un personnel attentionné et sympathique. Celui-ci s'agitait sans discontinuer entre cuisine et clientèle, composée d'habitués marseillais, mais aussi de touristes fraîchement tombés du TGV ou des bateaux de croisière qui débarquaient leur chargement humain au port de la Joliette.

Autour d'une table bien exposée au soleil de la mi-journée, ce moment convivial était l'occasion de faire le point sur les actualités scientifiques et de s'informer mutuellement des dernières percées concernant l'archéologie préhistorique relevées dans l'actualité des publications scientifiques.

On se félicitait mutuellement du succès de la projection virtuelle de l'œil du « chronoscaphe » dans la préhistoire régionale, sans oublier de s'émerveiller sur les résultats bien tangibles des fouilles et travaux de géologie sous-marine récemment réalisés par le professeur Bienfait et ses collaborateurs à bord du navire océanographique *Jacques-Laborel* et du sous-marin de poche *Saïga*.

Le hasard fait quelquefois bien les choses, car on vit passer à ce moment précis de la conversation, sur le trottoir d'en face, quai de Rive-Neuve, Sylvain Doradoretto, le jeune scaphandrier dont la thèse avait récemment fait grand bruit en permettant de dater d'anciens niveaux marins fossiles. Ses observations sur le terrain confirmaient les événements révélés par l'intrusion virtuelle du « chronoscaphe » dans le passé, lors de la dernière glaciation et de la submersion générale qui avait accompagné la débâcle.

Profitant d'un jour de liberté après s'être épuisé à la rédaction de sa thèse, il projetait, sa serviette sous le bras, de passer une heure ou deux à la piscine. Mais avec sa sociabilité proverbiale, il accepta de se joindre au groupe d'archéologues en pleine conversation savante.

Tous brûlaient d'en savoir un peu plus sur ses travaux et sur les fouilles du professeur Bienfait effectuées dans la grotte sous-marine dont il avait extrait une profusion de matériel archéologique.

Toutes nos connaissances se complétaient maintenant : incursion virtuelle du « chronoscaphe », mise en évidence d'anciens rivages et fouilles sous-marines commençaient à s'articuler pour révolutionner nos connaissances sur le dernier maximum glaciaire qui avait affecté la planète voilà 20 000 ans. Il ne manquait plus que la découverte directe, dans les calanques, d'une grotte ornée comme celles du sud-ouest de la France et du nord-est de la péninsule ibérique !

Justement, à ce propos, Sylvain brûlait de mettre son grain de sel dans cette conversation animée :
« Dimanche dernier, j'étais de passage au cours Julien, place où, comme chaque semaine, se déroule la foire à la brocante et aux bouquinistes. J'y ai découvert et acheté par acquis de conscience un petit ouvrage écrit par un ancien médecin spécialisé en médecine hyperbare de la COMEX[65] et intitulé *La Médecine bleue*. En tant que plongeur, je me suis senti

65. Compagnie Maritime d'Expertise

concerné. En parcourant le texte, je suis tombé en arrêt sur une phrase sibylline évoquant "des pétroglyphes que la mer a protégés, comme à Cassis, près de Toulon, où l'on a découvert un Lascaux (sic) sous-marin". On croirait lire une plongée sous-marine préhistorique... Vous pouvez vérifier, car j'ai encore cet ouvrage dans mon sac à dos... Cette phrase énigmatique se trouve précisément à la page 22... voyez vous-même !
– Qu'est-ce donc que cette histoire ? s'exclama le professeur Barokian.
– Sans doute une galéjade, observa Raymond Bécard à qui on ne faisait pas gober n'importe quoi sans preuves explicites.
– Un Lascaux sous-marin, c'est un rêve d'archéologue, mais un rêve totalement improbable, constata Fanny.
– C'est statistiquement impossible, confirma Marlène un peu rêveuse mais certaine de son fait.
– C'est sans doute la jalousie marseillaise, bien compréhensible, de la situation en Dordogne, remarqua le professeur Barokian. Là-bas, les grottes ornées courent les rues alors qu'il n'y a absolument rien dans notre région !
– Effectivement, mis à part le cas, quelquefois cité, d'une vague gravure décrite comme celle d'un bison, rappela Raymond Bécard en trempant un morceau de morue salée dans son pot d'aïoli qu'il s'employait très méticuleusement à vider de son contenu, mais cette figure n'a jamais entraîné l'unanimité des spécialistes... un cas isolé de toute façon !
– Avec les médias et les réseaux sociaux, remarqua Marlène, on a du mal à démêler la science de la fiction et le roman des faits avérés !
– D'où peut donc venir cette rumeur ? se demanda Fanny.
– Nous ne le saurons jamais, répondit le professeur Barokian, car ce docteur Baixe est malheureusement décédé... L'archéologie préhistorique n'était d'ailleurs pas vraiment sa tasse de thé ! »

Coïncidences ? Quand le roman devient réalité...

Ce petit groupe de spécialistes qui croyaient tout savoir fut fort surpris des événements qui succédèrent à leur conversation au bar de la Marine. Contre toute attente, l'actualité donna raison à la rumeur publique dont l'ouvrage du docteur Baixe avait gardé la trace... On eut la confirmation qu'à l'époque où fut écrit *La Médecine bleue*, une rumeur circulait discrètement dans le cercle fermé des plongeurs. Comme les spéléologues et les chercheurs de champignons, ils ne tenaient pas forcément à divulguer leurs découvertes et préféraient se les réserver, comme des jardins secrets.

Les scientifiques, archéologues et océanographes, qui avaient consacré leur vie à reconstituer les événements du passé, furent brutalement amenés à confronter leurs théories à une nouvelle réalité jusque-là insoupçonnée, celle de la redécouverte, par un plongeur de Cassis, d'une grotte ornée à moitié engloutie au large du massif des Calanques. Cette trouvaille était si improbable que certains, un peu crédules, imaginèrent des phénomènes paranormaux et des signes venant d'un autre monde : il est vrai que les coïncidences défiaient l'entendement...

Les indices d'une prédestination ne manquaient pas. Le patronyme du plongeur, hérité de ses ancêtres celtes, signifiait en breton : « lieu ancien ». Le bateau de la découverte portait, pour sa part, le nom de Cro-Magnon, nom d'un abri sous roche trouvé lors du creusement d'une voie de chemin de fer aux Eyzies-de-Tayac en Dordogne. Difficile de ne pas croire aux signes en considérant ces coïncidences improbables ! C'était certainement un appel du passé venant des chamans de cette bulle de mémoire, enclavée dans le calcaire et ennoyée au pied du massif des Calanques.

Tout se passait comme si les magiciens de cette grotte préhistorique oubliée avaient depuis longtemps prévu le retour d'un héros qui renouerait, beaucoup plus tard, passé, présent et futur.

XI

JUILLET 1991

UNE DANGEREUSE EXPLORATION

Une exploration hasardeuse[66]

Le professeur Mikael Barokian, chercheur déjà plein de promesses que ses proches appelaient affectueusement « Mik », s'adonnait depuis sa jeunesse à de mémorables parties de pêche à la ligne sur son « spot » préféré, la dalle de la pointe de la Voile. En ce week-end du mois de juillet 1991, il gardait les yeux fixés sur les petits soubresauts de son bouchon, flottant dans les vaguelettes qui venaient se briser sur la roche. Totalement concentré, il n'avait pas prêté attention au nuage de très petites bulles qui crépitaient à la surface, pas plus qu'à la présence du Zodiac mouillé un peu plus loin. Ces deux éléments inhabituels dans le paysage étaient la preuve d'une présence sous-marine très profonde, étrangère à ses préoccupations du moment. Il n'aurait jamais pensé que cette belle journée estivale initiait une aventure dont on parlerait longtemps à l'avenir. Une aventure dont les observations du « chronoscaphe » avaient fait le lit.

À cette époque déjà, Henri Lecoquer[67] explorait systématiquement le littoral entre Marseille et Cassis, à la recherche de grottes submergées inconnues. Comme tous les spéléologues les plus mordus, il était poussé par une passion irrationnelle, incompréhensible pour certains. Cette

66. Chapitre tout à fait réaliste, conforme aux faits rapportés par Henri Cosquer et à l'expérience que l'auteur a faite d'une plongée dans la grotte.
67. Inspiré directement et assez exactement, dans ce chapitre, du déroulement de l'aventure rapportée par Henri Cosquer.

passion l'entraînait à pénétrer, toujours plus profond et plus loin, dans les entrailles de la terre.
Notre explorateur aurait été bien incapable de justifier cette addiction : un appel de l'inconnu ? Une tendance à aller à contre-courant des intérêts communs ? Le manque ? Une insatisfaction confuse ? Une difficulté à se satisfaire du monde trop prosaïque et trop banal de tout un chacun ?

Henri avait depuis longtemps repéré une petite ouverture à une quarantaine de mètres de profondeur, au pied des falaises sous-marines du cap Morgiou. Il s'y était précautionneusement engagé en s'éclairant avec la petite lampe qu'il portait toujours sur lui, accrochée par un mousqueton à son gilet de sécurité. Il était ainsi toujours prêt à saisir une bonne occasion de dénicher de belles branches de corail ou de grosses langoustes.

Il lui sembla que, plus loin, la cavité rétrécissait et se prolongeait...

Les explorations d'étroits couloirs envasés à l'accès difficile n'avaient pas de secrets pour ce scaphandrier de profession. Il se promit de revenir un peu mieux équipé, dès qu'il aurait un moment. C'est ce qu'il fit six mois plus tard en emportant une bobine de solide cordelette en nylon, fil d'Ariane qu'il déroulerait au cours de son exploration. Il arrima cette ligne de vie par un solide nœud de cabestan capelé sur un pilier rocheux.

Il portait sur le dos, attachées à son gilet de sécurité, deux lourdes bouteilles en acier, indépendantes et gonflées à bloc. Cette réserve d'air comprimé devait lui suffire pour une rapide prospection. Par prudence, en plus de ses deux détendeurs, il avait pris un masque de rechange et le puissant phare de plongée qui l'accompagnait toujours. Par sécurité, il portait aussi une lampe-torche et une frontale attachée à son casque de spéléo en plastique jaune. Tous ces moyens d'éclairage avaient été dûment vérifiés et leurs piles changées.

Ainsi équipé, il se glissa dans la chatière qu'il connaissait déjà pour, au-delà du connu, poursuivre sa reptation sous-marine dans le long couloir qui s'ouvrait.

L'eau était encore limpide car il se gardait bien de remuer la vase fine et millénaire qui nappait le fond du long couloir. Il restait attentif à palmer toujours entre deux eaux, seulement accompagné par le bruissement des nuages de bulles qui restaient prisonnières des irrégularités du plafond rocheux. Tout en progressant, il assurait solidement sa ligne de vie sur des mousquetons attachés aux pitons plantés préalablement dans la roche. Tendant ensuite son fil d'Ariane le long de la paroi noircie par les oxydes de manganèse, il s'engageait précautionneusement, mètre par mètre, sans rencontrer pour l'instant de difficultés majeures. Il dérangea sur son passage un homard et un nuage de petites crevettes roses, seuls témoins de sa progression dans une solitude totale.

Après un parcours qu'il estima à une centaine de mètres depuis le début de sa reptation, la hauteur du couloir se rétrécit. Il sentit bientôt un choc sur la robinetterie de ses bouteilles de plongée, signe qu'il s'engageait dans une étroiture. Espérant passer cet obstacle, il dégonfla à fond son gilet d'équilibrage, souffla et se plaqua au sol en soulevant une vase fine. Après ce rétrécissement, le couloir s'élargit à nouveau, réveillant en lui l'espoir d'aller plus loin. Effectivement, il sortit après une dizaine de minutes dans un espace plus étendu. C'était une salle immergée et spacieuse, où un chaos de stalactites et de stalagmites, entières ou brisées, donnait à ce paysage illuminé par sa lampe des allures de sanctuaire ou de cathédrale.

Le faisceau de son projecteur, orienté vers le haut, se réfléchit sur une surface miroitante. Il en déduisit avec étonnement qu'il y avait de l'air au-dessus. Traversant ce miroir, il creva la surface dans un nuage de bulles qui résonna en échos dans le silence absolu de la cavité. L'obscurité n'était interrompue que par le puissant rayon du phare de plongée, qu'il n'avait pas éteint malgré le risque de surchauffe en milieu aérien.

Son ordinateur de plongée indiquait une profondeur de -0,50 m. Il en conclut qu'il se trouvait dans une cloche d'air relativement étanche. Il enleva précautionneusement l'embout de son détendeur puis son masque... L'air était parfaitement respirable ! Il se trouvait sensiblement au niveau zéro dans une cavité isolée du monde extérieur. Heureusement, depuis le début de sa longue progression sous-marine, il n'avait fait que remonter lentement depuis -40 m : il n'avait pas eu à se soucier de paliers de décompression.

Rassuré, il jubilait car il avait découvert un véritable joyau naturel. À l'évidence, une très belle grotte ! La cavité était si vaste que, dans le noir ambiant, le faisceau de son puissant éclairage n'en rencontrait pas les limites. Il devina, au centre, un grand cône d'éboulis sous un plafond en pente régulière d'où pendaient de lourdes stalactites. Certaines s'étaient décollées du plafond et brisées au sol.

Arrivant aux limites de son autonomie respiratoire, il se promit de revenir plus tard pour une exploration plus exhaustive.
Son manomètre n'indiquait plus que 100 bars de pression : il avait déjà consommé la moitié de son capital d'air comprimé et il lui fallait bien, avec regrets mais sagesse, penser au retour.

Un peu frustré de ne pouvoir débarquer, il préféra jouer la carte de la prudence. Il eut le temps, avant sa nouvelle immersion pour le retour, de jouir d'un silence total, un silence de pensées suspendues, un état impossible à atteindre dans la furie du monde extérieur qu'il lui fallait maintenant, à regret, rejoindre.

Il se résolut à s'arracher à ces impressions pour retrouver l'entrée du siphon. Il coula doucement après avoir dégonflé son gilet de sécurité puis ses poumons. Il passa sans difficulté la première étroiture tout en soufflant dans son masque pour compenser la pression sur ses tympans. Les yeux encore pleins d'images de « sa » cathédrale engloutie, il palmait machinalement. Il ne voyait que sa main glissant sur le fil d'Ariane, comme détachée de son corps et détourée de l'obscurité ambiante par l'éclairage de son phare.

Un quart d'heure plus tard, il perçut vaguement la lumière de la mer ouverte. Il se hâta alors pour émerger au grand jour, dans un nuage de castagnoles et de poissons-barbiers. Après avoir ressenti le choc de la chaleureuse clarté extérieure, il remonta très lentement le long du mouillage du Zodiac, jusqu'à la profondeur de -3 m. Il s'y attarda en respirant à fond à travers un nuage de bulles, pour un palier de sécurité prolongé et méditatif pendant lequel il repassa en boucle les visions emmagasinées lors d'une exploration qui le laissait encore stupéfait.

Parvenu à la surface, il accrocha son matériel le plus lourd au mousqueton qui pendait du flanc de son embarcation pneumatique. Il s'y hissa ensuite pour se déséquiper partiellement en ne gardant que son pantalon et ses chaussons en néoprène. Sirotant un café chaud tiré d'une Thermos, il revint enfin à ses esprits en émergeant de son aventure aux relents oniriques, tout en comprenant qu'il avait à coup sûr fait une découverte exceptionnelle.

À sa connaissance, personne dans la communauté des nombreux plongeurs de Marseille ou de Cassis n'avait mentionné la grotte qu'il venait de découvrir.

Certains avaient peut-être repéré cette ouverture au pied du cap Morgiou, mais personne n'avait eu le cran de poursuivre une exploration qui demandait une grande habitude de la plongée spéléologique. Les spéléologues de haut niveau ne manquaient pas dans la région, mais, habitués aux fleuves souterrains des calanques de Port-Miou et du Bestouan[68], ils avaient peu prospecté le littoral à la recherche d'autres cavités sous-marines dans le massif des Calanques.

De retour à Cassis, dans les locaux du club qu'il dirigeait, Henri se retrouva dans le brouhaha des conversations des groupes de plongeurs, débarqués peu de temps auparavant de Paris ou de Lyon pour profiter de ces fonds méditerranéens dont la réputation avait, depuis longtemps, franchi les limites de la grande métropole marseillaise.

Pendant cinq ans, il ne put retourner dans la grotte. Il fut pris par ses occupations d'encadrement de routine : baptêmes de plongée de néophytes émerveillés ou terrifiés, passages de brevets, encadrement de futurs moniteurs trop enthousiastes, routine des accompagnements en mer. Heureusement, il était bien secondé par quelques collaborateurs sur lesquels il pouvait se décharger avec confiance.

---

68. Près de Cassis, les résurgences de Port-Miou et du Bestouan ont été explorées sur plus de deux kilomètres à partir de leur entrée et jusqu'à plus de 170 m de profondeur par les plongeurs spéléologues de la région.

Trop affairé, surchargé par ces activités professionnelles, il n'eut pas le loisir d'organiser rapidement une nouvelle expédition dans sa grotte du cap Morgiou. Pourtant, cette cavité revenait avec insistance dans ses rêves nocturnes. Il s'y voyait perdu, remontant de longs boyaux, cheminant dans des couloirs inconnus et inexplorés, rampant entre de magnifiques bouquets de cristaux étincelants dans des explorations difficiles.

Il se promettait d'y retourner, même si le temps lui manquait.

Une découverte inattendue[69]

Henri n'avait pas oublié « sa » grotte. Il saisit l'occasion de l'annulation de la réservation d'un groupe de plongeurs parisiens dont le responsable l'avait, par un coup de téléphone inattendu, libéré de toute obligation. Cette plage de liberté imprévue était enfin l'occasion d'une nouvelle exploration, cette fois-ci exhaustive, du site découvert il y avait déjà cinq ans.

Cette seconde exploration, plus ambitieuse, fut mûrement préparée même s'il n'en parla à personne. C'était une quête personnelle dont il ne voulait pas être dépossédé avant de se l'approprier totalement. Il sentait confusément que cette grotte représentait aussi l'espoir d'une réponse à un problème existentiel indéfini, resté informulé et obscur...

Les conditions météorologiques étaient idéales, et la mer d'huile. Il mena son Zodiac un peu au large de la falaise et assura son mouillage en arrière d'un gros rocher, dérangeant ainsi un gros mérou qui avait élu domicile dans les interstices d'un amoncellement d'énormes blocs.

À travers l'eau chaude et claire, il admira le bas du tombant recouvert de grandes gorgones violacées et d'éponges jaunes. Au pied de cette falaise sous-marine s'ouvrait une lucarne praticable : celle dans laquelle il allait

69. Chapitre réaliste, conforme aux faits rapportés par Henri Cosquer et aux connaissances de l'auteur sur la grotte.

de nouveau s'engager. Rien n'avait changé et personne n'avait dû passer par cette étroiture depuis sa dernière visite.

Après avoir assuré solidement son fil d'Ariane, il parcourut sans difficulté la centaine de mètres qu'il connaissait déjà. Il émergea dans la grande salle qu'il s'était contenté de parcourir du regard cinq ans auparavant. Cette fois-ci, il palma résolument vers le tertre central pour s'y déséquiper et y déposer son matériel de plongée.

Il était sur la pente d'un cône d'éboulis tombés du plafond à une époque lointaine, les interstices entre les blocs ayant été depuis colmatés par une argile brune et collante. En arrière, quelques grosses stalactites pendaient du plafond, comme pour lui barrer le passage et lui intimer l'ordre de ne pas profaner plus avant la grotte.

Il posa son matériel dans un creux de rocher pour l'empêcher de glisser vers la vasque inondée et il referma les deux robinets de ses bouteilles d'air comprimé. Il fallait éviter l'accident fatal d'une fuite accidentelle lui interdisant tout retour.

Il s'aperçut que, dans sa hâte, il n'avait prévenu aucun autre plongeur de son escapade. C'était imprudent, car, en cas d'accident, personne n'aurait été capable de le retrouver. Il frémit fugacement à la vue d'une carapace desséchée d'araignée de mer. Cette « esquinade » abandonnée sur le plancher de calcite orange lui avait suggéré la possibilité inquiétante d'une fin catastrophique, dans une douloureuse solitude.

À cette perspective, il vérifia une fois de plus l'état de son matériel et de ses moyens d'éclairage. L'air de la cavité était parfaitement respirable, sans gaz toxiques, menace mortelle toujours possible dans ces galeries oubliées.

Il ne garda que le pantalon de sa combinaison en néoprène et ses chaussons de plongée à semelle. Avec une bonne lampe, il était prêt à toutes les aventures. Débouchant dans une grande cavité qui faisait plus de soixante mètres de diamètre, il put estimer l'importance du site. Piliers stalagmitiques et courtes concrétions fines remplissaient les espaces vides de cette première salle, qui se prolongeait certainement bien au-delà...

La hauteur de l'eau dans la cavité, partiellement noyée, était variable et ses déplacements prudents ridaient la surface de cette vasque d'eau calme, en petites vagues qui allaient se briser sur les parois les plus lointaines.

Il eut l'impression d'être arrivé dans un coffre aux trésors, énorme géode pleine de cristaux, où scintillaient des merveilles de calcite entre lesquelles il évoluait comme dans un rêve somnambulique... Il piétina quelques charbons sans mesurer les implications de leur présence : il ne s'attendait pas du tout à ce qu'il allait trouver.

Illuminant, çà et là, les parois avec le halo faiblard de sa lampe de plongée à la vitre embuée, il crut entrevoir une trace de main. Il jugea cela bizarre. N'était-il pas le premier à pénétrer dans cette cavité ? Si ce n'était pas le cas, le secret en avait été bien gardé : il n'avait jamais entendu parler d'une telle découverte dans le monde clos de la communauté des plongeurs.

Il prit un cliché, au jugé dans l'obscurité, avec son vieil appareil photographique étanche, un ancien Nikonos III, en réglant approximativement la focale, après avoir léché et essuyé la vitre de l'objectif embué. Le puissant éclair du flash illumina la salle où il crut percevoir fugacement d'autres traces, sans qu'il eût le loisir de vérifier cette impression.

Il n'avait plus beaucoup de temps. C'était le moment de revenir vers l'ouverture du siphon dans lequel il lui faudrait à nouveau s'engager pour retourner vers la surface et son quotidien ordinaire...

Alors qu'il dirigeait son Zodiac vers le port de Cassis, le voyage le laissa pensif et silencieux. Il accosta à sa place habituelle et réservée, au milieu d'une foule de touristes étonnés par les traces d'argile qui souillaient encore sa combinaison. Il souleva son bi-bouteilles pour le déposer, avec le reste de son matériel, dans les locaux du club de plongée qui ronronnaient de bruits de compresseur.

Les moniteurs étaient en pleine préparation des premières immersions d'un groupe de plongeurs, élevés en piscine et frétillant d'impatience à l'idée d'effectuer leur baptême en mer.

Henri restait refermé sur lui-même et sur son secret, alors que les images rémanentes de la grotte poursuivaient leur chemin dans ses pensées et qu'il avait encore du mal à étouffer sa jubilation intérieure.

Il posa son appareil photographique et son flash en vrac dans l'évier pour les rincer des souillures du sel et de l'argile.
« D'où sors-tu donc pour être dans cet état ? » demanda Marie-Noëlle, la jeune et jolie monitrice qu'il venait d'engager, toujours accompagnée de sa chienne, un berger belge nommé Paprika.

Henri éluda la question d'un geste vague, toujours dans sa bulle, et encore trop sonné pour répondre. Marie-Noëlle n'insista pas, car elle s'était habituée au tempérament réservé de son interlocuteur. Seule Paprika semblait avoir flairé un état émotionnel inusité qui la faisait tourner autour de Henri avec de petits gémissements interrogatifs. « Bizarre ! Je ne l'ai jamais vue comme cela », pensa Marie-Noëlle avec étonnement.

La nuit qui suivit, Henri s'endormit d'un sommeil de plomb pour rêver au monde oublié qu'il venait de quitter : une impression insistante, quasi hallucinatoire, subsistait, celle d'un passé lui faisant signe.

Le lendemain, le vent de sud-est s'était levé dans la nuit : toute plongée était impossible ! Il y aurait donc relâche forcée. Les plongeurs en profitèrent pour s'égayer en petits groupes pour flâner dans le centre de la ville et déjeuner dans les restaurants du port.

Cette pause dans l'activité fiévreuse habituelle de la saison estivale était une bonne occasion pour développer les diapositives prises dans la grotte… en espérant qu'elles soient réussies !

Enfermé dans la chambre noire, sur le film encore humide, il repéra d'ores et déjà plusieurs traces de mains qu'il n'avait pas remarquées lors de la prise de vue… En fait, il y en avait tout un panneau sorti du néant par l'illumination du flash photographique.

C'était inattendu et cela le conforta dans la certitude que la grotte recelait d'autres secrets. Il faudrait y retourner pour une exploration plus exhaustive avec le concours des moniteurs du club, tous des amis sur lesquels il pouvait compter.

C'était la fin d'après-midi et toute l'équipe était rassemblée au complet autour de la table de l'apéritif, intermède bienvenu après une journée bien remplie. Enfourchant sa moto, un volontaire s'était chargé de rapporter la rituelle bouteille de pastis. Rapidement sortis du placard, rhums artisanalement arrangés, sodas et jus de fruits garnissaient déjà la table. On ajouta des assiettes de chips et de cacahuètes. Pendant ce temps, l'un des moniteurs s'affairait à découper en rondelles, avec son couteau de plongée mal affûté, saucissons et chorizos.

Ces appétissants préparatifs retenaient inexorablement l'attention de Paprika, la chienne de Marie-Noëlle, à la truffe décolorée par le soleil des longs séjours en mer. Elle adorait en effet se tenir sur trois pattes à la proue du bateau pour essayer de mordre les « moutons » qui se succédaient à la crête des vagues. Pour l'heure, le sympathique animal, peu soucieux de sa ligne, comptait bien récupérer à son profit un biscuit ou une peau de saucisson, voire une part du clafoutis cuisiné par sa maîtresse, qu'elle ne lâchait pas de ses yeux implorants, comme muée en vivante statue de l'espoir.

Dans ce moment de détente au soleil déclinant, chacun plaisantait sur le comportement des Parisiens, à qui l'on pouvait faire gober n'importe quoi en affectant un minimum d'autorité, jusqu'à leur faire exécuter des « anti-paliers » sur le toit du bateau, censément pour compenser des paliers de décompression trop longs. Paprika aboyait comme pour s'esclaffer elle aussi de la naïveté de ces « plongeurs d'aquaculture », gavés de théorie, mais sans aucune vraie pratique. On considérait bien sûr, d'un air supérieur, qu'ils ne faisaient pas le poids devant les locaux, peu amateurs d'exercices et de théorie, mais élevés depuis l'enfance dans des eaux plus libres.

Henri, à l'étonnement général, restait inhabituellement réservé et silencieux ; il se décida à lâcher le morceau au moment précis où Paprika subtilisait, ni vu ni connu, la dernière rondelle de saucisson. Tout le monde se tut quand il dévoila sa toute récente découverte à un auditoire incrédule. On soupçonna tout d'abord une plaisanterie, mais la projection des diapositives, maintenant séchées et mises sous caches cartonnés, acheva de convaincre les plus sceptiques qu'il ne s'agissait absolument pas d'une galéjade.

Chacun s'interrogeait maintenant sur ces traces de mains auréolées d'argile que l'on devinait sur une paroi illuminée par le flash.

Tous étaient enthousiastes à l'idée de participer à une exploration qu'il fallait à présent planifier. Le petit groupe de moniteurs était suffisamment aguerri et Henri n'avait aucune réticence à organiser une expédition commune avec ce groupe d'amis de longue date.

Cette troisième incursion dans la grotte fut soigneusement préparée. Chacun jubilait par avance de l'aventure décidée pour le milieu de la semaine suivante, période de relâche sans plongée prévue pour les clients.

On espérait une météo optimale et une mer décantée après le coup de vent qui avait commencé le jour précédent. Ces souhaits se réalisèrent : le grand jour était enfin arrivé. Le soleil matinal caressait de ses premiers rayons une mer que ne ridait pas une vague. Henri et son équipe de moniteurs embarquèrent sur le petit chalutier du club avec tout le matériel nécessaire.

Arrivé sur le site, qui lui était maintenant familier, Henri donna ses directives à ses coéquipiers, qui coulèrent les uns à la suite des autres vers le pied du tombant. Par groupes de deux, ils pénétrèrent dans la chatière pour remonter la ligne de vie tirée préalablement par Henri, ce cordonnet de nylon blanc sécurisant qui les reliait au monde extérieur.

Henri s'y engagea le premier accompagné de Marie-Noëlle et, dix minutes plus tard, après un parcours tortueux dans la boue et l'obscurité, cheminement hasardeux guidé par le seul halo jaunâtre de leur torche de plongée, ils émergeaient à l'air libre dans la vasque terminale qui baignait le début de la grotte. Il se décida à déposer son équipement de plongée sur le bord de cette piscine naturelle.
À la sortie du siphon, les autres plongeurs débouchèrent à leur tour, par groupes de deux, dans la grande salle.
Tous se regroupèrent sur le flanc du cône d'éboulis central. Après avoir

abandonné leurs chrysalides de néoprène, ils s'égayèrent prudemment pour explorer, émerveillés, tous les recoins de la caverne qu'ils découvraient pour la première fois.
Les faisceaux des torches balayant la paroi faisaient surgir de l'obscurité une profusion de formes aux couleurs chaudes confusément inquiétantes. Une heure après, l'équipe débordait d'enthousiasme, car les résultats de cette exploration collective avaient dépassé toutes les espérances. Les empreintes de mains étaient beaucoup plus nombreuses que celles révélées par la photo. Effectuées à l'argile rouge ou au charbon, elles étaient rassemblées en panneaux bien circonscrits.

Un appel enthousiaste retentit et résonna en échos, c'était Marie-Noëlle qui s'exclamait dans le lointain de la grotte : « Venez par là, il y a un bison ! ». Effectivement, un grand bison dessiné au charbon et tourné aux trois-quarts fixait nos explorateurs en dominant une profonde fissure où un autre bovidé l'accompagnait.

D'autres représentations fort nombreuses de chevaux, de bouquetins, de cerfs, de panthères, se succédaient à la stupéfaction générale... Nos plongeurs, maintenant éparpillés, se retrouvaient face à un véritable « Lascaux sous-marin », un sanctuaire certainement préhistorique digne de toutes les autres cavités connues dans le sud-ouest de la France et dans les Pyrénées.

C'était une nouveauté absolue. Personne n'en avait jamais découvert l'équivalent en Provence et son contexte maritime très particulier était sans doute unique au monde... Le cœur encore battant, chacun avait l'impression d'avoir vécu un rêve éveillé dans une histoire fantastique que même Jules Verne n'aurait jamais imaginé.

D'un commun accord, on choisit de ne rien dire avant d'avoir une couverture photographique complète des peintures. La déclaration aux autorités officielles viendrait après. Tous les membres de l'équipe voulaient profiter de ce secret caché avant toute divulgation publique.

Le mois qui suivit vit s'enchaîner de nombreuses plongées consacrées à l'exploration des moindres anfractuosités dans une ambiance toujours aussi jubilatoire.

Curieusement, une première cartographie montra que le plan de la grotte obtenu s'inscrivait exactement dans les contours d'une tête de cheval, l'animal le plus représenté sur ses parois avec le bouquetin.

Chacun avait conscience de participer à une grande découverte. Bouquetins, chevaux, phoques, antilopes saïgas et cerfs mégacéros envahissaient les rêves de nos explorateurs avec une image rémanente et insistante : celle d'une figure mi-homme mi-phoque, bien cachée, qui hantait tout un chacun sans que l'on puisse en inférer un signe des événements à venir.

Ce sanctuaire, clé d'un passé insoupçonné, était-il une découverte sans risques ? Cette pénétration quasi incestueuse dans les entrailles de la Terre n'était-elle pas un sacrilège, un blasphème ? À la jubilation première succédèrent quelques inquiétudes, car la superstition, habituellement attachée à des temps plus obscurs, n'avait jamais été totalement évacuée de l'entendement de nos contemporains.

Certains évoquèrent le dramatique précédent de la sépulture du pharaon égyptien Toutankhamon. La découverte de cette tombe inviolée n'avait-elle pas entraîné le mystérieux décès de toute l'équipe de fouilles de l'égyptologue Howard Carter ? Les plus timorés appréhendaient maintenant une malédiction possiblement projetée d'un passé considérablement plus lointain.

Pressentiments

L'effervescence était exceptionnelle ce week-end là sur les quais baignés de soleil du club de plongée de la Société de Transport Maritime qui se trouvait à la sortie du Vieux-Port. Ses bâtiments futuristes dominaient les quais d'embarquement des unités de la puissante société marseillaise qui gérait plusieurs milliers de navires et dominait tout le trafic maritime entre l'Estaque et les Goudes.

La mascotte du club, un jeune cocker répondant au nom de Jojo, sollicitait les plongeurs en rapportant inlassablement le bâton lancé en guise de « baballe ». Rien ne pouvait le détourner de cette activité excitante.

Il implorait les bonnes volontés les unes après les autres, certainement convaincu de pouvoir rallier les humains les plus réticents, trop idiots pour saisir d'emblée les règles de son jeu. Cet intelligent animal, qui gardait envers et contre tout foi en l'espèce humaine, restait obstinément indulgent à ses insuffisances manifestes.

Des groupes de plongeurs matinaux, venus bien à l'avance et indifférents au manège passionné du petit animal, rôdaient sur le quai en attendant la mise en route du compresseur, car les bouteilles devaient impérativement être gonflées avant le départ du bateau. Pendant ce temps, l'équipe pédagogique distribuait combinaisons, masques et palmes.

Mieux valait profiter de cette belle matinée d'été indien avant la bascule inévitable dans la saison hivernale. La météo favorable et l'ensoleillement printanier sur une mer d'huile étaient des conditions idéales ; on devrait pouvoir se rendre sur un des sites les plus appréciés du côté de l'île de Riou.

Depuis le début de la semaine, de curieux événements s'étaient enchaînés. Cela avait commencé par le repérage par Jojo de très gros rats, inexplicablement pas très en forme. À son actif, l'animal avait ensuite débusqué deux magnifiques ragondins sans doute échappés du parc Borély.

Le mois précédent, un rorqual égaré avait pénétré dans le Vieux-Port pour s'échouer contre le quai d'embarquement où Jojo aboyait à la limite de l'apoplexie. Beaucoup d'efforts avaient été nécessaires pour remettre l'énorme animal à flot en le tractant avec l'aide des pompiers, alertés pour l'occasion.

Le lendemain, on vit des canards nager dans le Vieux-Port et on observa un petit pingouin, espèce rarissime sur les côtes marseillaises, qui volait dans la passe entre le fort Saint-Jean et le fort Saint-Nicolas[70].

Les Grecs et Romains de l'Antiquité auraient certainement interprété ces anomalies comme des signes annonçant des événements dramatiques ou, tout

70. Tous ces événements sont rigoureusement exacts et ont été observés par l'auteur.

au moins, exceptionnels. Mais de nos jours, on ne prêtait plus attention à ces messages venus d'un ailleurs que personne n'arrivait plus à situer.

La semaine qui suivit fut très éprouvante à cause d'un fait divers qui avait fait la une de la presse à sensation. Les médias avaient longuement commenté les crimes abominables qui avaient révélé la présence inquiétante, quelque part autour du Vieux-Port, d'un *serial killer*. Après avoir étranglé ses victimes, il avait camouflé les corps sous la panne d'amarrage du club de plongée.

La découverte de ces trois corps morts, faite au petit matin par le capitaine encore mal réveillé du bateau de plongée, déclencha l'étonnement et une indignation générale. Le coupable, à qui on aurait donné le Bon Dieu sans confession, fut finalement interpellé sur le Vieux-Port après une longue filature des services de police. Il avait été trahi par son léger accent parisien, repéré par une poissonnière restée anonyme, mais à l'ouïe fine et au verbe haut, car son mari était sourd comme un pot.

L'examen médical montra que l'assassin était en fait une victime, diagnostiquée positive au virus P.L.M.85 qui avait provoqué ces abominables tendances criminelles. On déplora, dans une presse très critique, la négligence de l'entourage qui n'avait pas prêté attention aux signes cliniques prémonitoires : chevilles qui enflent et augmentation du volume céphalique.

On soupçonna que le changement brutal du taux d'ensoleillement pour cet exilé de la capitale avait aggravé la malencontreuse expression de pulsions meurtrières enfouies chez un individu qui avait été, jusque-là, parfaitement pacifique.

Cette flambée de faits divers sordides autour du Vieux-Port avait été suivie d'un crime tout aussi terrifiant : le brouillage malveillant du GPS d'un véhicule de tourisme. Le chauffeur d'une Renault Twingo sinistrée avait plongé tout droit dans la passe de sortie du port[71], confiant en son guidage satellitaire et imaginant le traverser sans dommage.

---

71. Incident observé personnellement par l'auteur à deux reprises à la sortie du Vieux-Port !

En miroir de ces crimes, relevant d'une claire psychopathologie virale, l'ambiance du club était depuis quelques semaines imprégnée d'un certain malaise, car il y soufflait le même vent de folie que dans le reste de la ville. Cela perturbait, comme ailleurs, le comportement des plongeurs les plus fragiles psychologiquement.

Tout cela était typique de la crise épidémique qui faisait baigner la ville sinistrée dans un profond pessimisme.

Dans cette ambiance qui portait aux idées noires, on remarqua le passage dans le parking d'un grand Africain dégingandé, vêtu d'un boubou bleu azur et d'un bonnet tricoté aux couleurs rasta, costume dans lequel ce représentant de commerce bien connu avait grande allure. Après le passage de cette âme blessée coupée de ses racines, on put ramasser, abandonnés sur les pare-brise, de petits rectangles en papiers imprimés à la va-vite et porteurs d'un *curriculum vitae* impressionnant.

Monsieur MAMADOU

GRAND VOYANT HÉRÉDITAIRE –
CONNU INTERNATIONALEMENT DANS LE QUARTIER

Protection assurée contre le virus P.L.M.85
Mauvais sorts – Désenvoûtements – Retour immédiat au foyer de la personne que vous aimez :

Il (ou elle) courra derrière vous comme un chien derrière son maître.

Abandon de l'alcool et de la cigarette, etc. Pour maigrir dans les cas désespérés.
Résultat garanti de 0,96 % de son volume initial.

Résultats très sérieux, garantis avec 100 % de réussite dans les 3 jours.
Si vous ne voulez plus souffrir, contactez-moi le plus rapidement possible.

Reçoit tous les jours de 8 h à 20 h
36 rue du Marigot, 13003 Marseille

Cette bouffée d'air était porteuse de tous les espoirs : l'ésotérisme traditionnel, hérité d'un passé immémorial, n'allait-il pas venir à bout des impasses de la trop laborieuse science officielle ?

Jojo, après avoir enterré son bâton, tournait en rond, affolé. Il souffrait subitement d'un trou de mémoire et ne retrouvait plus son hochet. Avait-il été atteint lui aussi par la fatale engeance virale ? Ou bien son jouet avait-il disparu du présent pour être englouti, par une mystérieuse magie Toucouleur[72], vers un passé subitement occulté de sa mémoire ?

Après la plongée de l'après-midi, à l'heure où les plongeurs profitaient de la douceur de l'apéritif, on remarqua les curieuses manœuvres d'un camion de pompiers, à la sortie du port.
Ce n'est que le lendemain que l'on apprit qu'un grave accident était survenu, quelque part dans une grotte inconnue des calanques.[73]

On discuta à l'infini, chacun donnant doctement son avis sur ces explorations spéléologiques non encadrées. Bien plus tard, on découvrit que ce drame n'était aucunement dû à l'inexpérience d'un plongeur débutant, mais concernait un professionnel confirmé, Henri Lecoquer, résident à Cassis, que beaucoup connaissaient directement ou de réputation.

On murmurait aussi que cette mésaventure était en relation avec une découverte majeure dont la teneur restait mystérieuse, car non divulguée par des médias qui en ignoraient encore tout. Ce mystère et le drame qui semblait lui être attaché déclenchaient toutes les spéculations et curiosités chez ces amoureux du milieu marin.

72. Les Toucouleurs sont une ethnie du Sénégal.
73. Relation exacte de la manière dont l'auteur apprit la découverte de la grotte Cosquer dans les calanques, à l'automne 1991.

XII

Automne 1991

Un accident de plongée initiatique

Un accident de plongée[74]

Henri s'était éveillé avec le soleil en cette matinée de septembre. Incapable de rester au lit plus longtemps, il se leva pour préparer un café avant de se décider à entrer dans sa salle de bain. Il se rasa soigneusement avant de prendre une douche matinale. Son attention fut détournée par la découverte sur le miroir d'une ligne de cassure ténue qu'il n'avait jamais remarquée. Il voulut s'assurer que cela ne modifiait pas la solidité du miroir. Mal lui en prit, car la pression de son doigt déclencha la catastrophe, la fissure se propageant quasi instantanément sur toute la surface vitrée… Tout s'écroula dans un bruit de verre cassé.

Il pesta devant cette catastrophe :

« Il ne me manquait plus que ça ! Pourvu que ce miroir brisé ne soit pas la promesse de sept ans de malheur ! »

Henri ramassa tous les débris sauf un morceau qu'il ne put retrouver, totalement pulvérisé comme du verre Securit ; il manquait une pièce maîtresse au puzzle de ce miroir brisé !

---

74. Dans la réalité, l'accident ayant déclenché la déclaration officielle de la grotte est arrivé à trois plongeurs imprudents qui s'étaient aventurés sans précautions dans la grotte. Dans cette version romancée, il a été imaginé que c'est Henri Cosquer lui-même qui est la victime d'un accident de plongée.

Curieusement, le négatif du casson manquant évoquait la silhouette d'une tête de cheval, très stylisée, façon pièce de jeu d'échecs. Il balaya les tout derniers fragments de verre restés sous le lavabo avant d'aller préparer son matériel pour une ultime incursion dans « sa » grotte. C'était une belle matinée de septembre et son équipe de moniteurs était toujours aussi enthousiaste.

Une nouvelle journée d'explorations spéléologiques, depuis longtemps prévue, succédait à une semaine d'incursions sous-marines, enchaînant sans discontinuer longs séjours dans l'obscurité et nuits courtes.

Henri n'était pas vraiment superstitieux, mais cette histoire de verre brisé au petit matin alimentait des inquiétudes confuses et ses idées étaient comme ralenties par l'ombre d'un pressentiment. Pour autant, il ne voulait pas renoncer à cette nouvelle incursion dans la grotte, car ce qu'il en avait aperçu augmentait son impatience. Il sirotait son café de la main droite en pensant à autre chose, quand la tartine, beurrée à la va-vite, qu'il tenait distraitement de l'autre main lui fut subtilisée par Paprika, qui avait fait irruption dans la pièce suivie de sa maîtresse encore à moitié endormie... Marie-Noëlle ne put récupérer la tartine déjà engloutie. Elle ne gronda pas l'animal, qui se pourléchait les babines, en remarquant tout de suite qu'Henri avait sa tête des mauvais jours.

« Cela n'a pas l'air d'aller très fort ce matin ? Toujours partant pour cette nouvelle plongée spéléo ? »

Haussant les épaules, Henri grommela quelque chose d'indistinct qu'elle interpréta comme une protestation : il n'allait pas renoncer à une exploration prometteuse pour une nuit de mauvais sommeil... Il se rattraperait le lendemain !

Henri afficha un sourire alors que les autres plongeurs venaient s'asseoir autour de la table. Il se voulait rassurant en expliquant aux uns et aux autres leur rôle, bien rodé, dans le déroulement de cette nouvelle exploration. Enthousiastes, tous se faisaient une fête de cette nouvelle aventure sous-marine à venir.

Une demi-heure plus tard, tous étaient dans le local de gonflage où chacun embarqua son sac de matériel personnel pendant qu'Henri gonflait soigneusement les bouteilles de plongée. Il prit le temps de laisser refroidir l'air comprimé. Après avoir attendu, il vérifia à nouveau la pression ; deux précautions valaient mieux qu'une et il ne fallait pas risquer une pénurie d'air qui aurait été dramatique pour le retour.

Chacun embarqua bouteilles et matériel sur le bateau, et certains s'équipèrent dès la sortie du port. Une demi-heure après, le bateau mouillait à l'aplomb de l'entrée de la grotte, devant le cap Morgiou. Dès qu'il fut stabilisé dans le léger courant de cette belle journée, la palanquée de plongeurs se mit à l'eau. Chacun dégonfla sa bouée de sécurité, souffla à fond dans son détendeur et coula, façon feuille morte, le long du tombant. Ils s'engouffrèrent dans la petite ouverture au pied de la falaise, saisirent le fil d'Ariane, et, au bout d'une dizaine de minutes, débouchèrent dans la salle sud de la grotte où ils déposèrent leur matériel. Équipés seulement du pantalon de leurs combinaisons et de leurs chaussons en néoprène à semelles de caoutchouc, ils entreprirent de parcourir les salles à la lueur de leurs lampes de plongée.

L'état d'épuisement physique et mental d'Henri ne l'avait pas tout à fait quitté. Alors qu'il contemplait la surface brillante de la mer dans le puits qui terminait la grotte au nord, il crut apercevoir, comme dans un rêve, une main qui se détachait dans le lointain, l'invitant à traverser une paroi immaculée qui se déformait de façon inquiétante telle une draperie agitée par le vent... Après cette vision, il se sentit aspiré sans pouvoir opposer de résistance par le flot grondant d'une harde de chevaux au galop vers une destination inconnue.

« J'hallucine ! se dit-il intérieurement, suis-je en plein délire ? » Clignant des yeux, il s'efforça de reprendre ses esprits et sa maîtrise de soi dans son rêve éveillé. Il sursauta quand il crut voir un énigmatique personnage, totalement tatoué, gravant avec un éclat de silex un tracé rectangulaire qui lui évoqua la forme d'une moderne enveloppe des PTT.

Se raisonnant, il supposa que l'obscurité et le monde clos de la caverne l'avaient renvoyé à de vieilles terreurs héritées de son enfance... ou de l'enfance de l'humanité ?

La journée touchait à sa fin sur le cadran des montres de plongée. Il fallait quitter la grotte et rentrer à l'heure dite. Après le départ des derniers groupes vers la surface, resté seul en attendant ses deux coéquipiers, Henri se sentit subitement intimidé par le silence retrouvé de la caverne. Il s'efforça de régulariser son souffle, espérant que cela calmerait les battements accélérés de son cœur. Il se confia à ses deux compagnons de plongée qui venaient de le rejoindre et qui lui conseillèrent la prudence : il ferait mieux de rentrer au plus vite après ces rêves éveillés, curieusement insistants, qui lui donnaient l'impression de ne pas encore être sorti d'un état quasi somnambulique.

Il palma doucement, ajustant son matériel avant de piquer vers la sortie. Il trouva ensuite sans difficulté, en suivant la ligne de vie, l'embouchure du siphon d'accès.

En plein milieu du chemin du retour, après un parcours d'une cinquantaine de mètres, Henri perdit inexplicablement et subitement connaissance. Ses deux compagnons, fous d'inquiétude et le cœur battant la chamade, cramponnés d'une main au fil d'Ariane tout en lui maintenant tant bien que mal son détendeur en bouche, réussirent miraculeusement à le tracter dans une nuit encore obscurcie par la mise en suspension de la vase fine causée par leurs mouvements anarchiques. Atteindre la sortie dans ces conditions fut un véritable exploit. Craignant le pire, ils réussirent à remonter doucement vers la surface le corps d'Henri, totalement inerte. Pourrait-on le sauver ? La plongée avait été profonde mais courte, ce qui limiterait probablement les risques d'un accident de décompression.

Le CROSS Med[75] fut alerté par radio alors qu'Henri était mis sous masque à oxygène. La vedette de secours *La Bonne-Mère* arriva heureusement peu après pour le récupérer et le débarquer au port de la Pointe-Rouge. Une ambulance attendait sur le quai pour amener directement Henri, dans un état potentiellement critique, à l'hôpital Sainte-Marguerite. Sous

75. Centre Régional Opérationnel de Surveillance et de Sauvetage de Méditerranée (service public de sauvetage en mer).

une attentive surveillance médicale, l'accidenté fut, par sécurité, immédiatement enfermé dans un caisson de décompression pour quelques heures. Chacun rongeait son frein, dans l'incertitude concernant l'état du patient et ses chances de survie.
Après une longue et insoutenable attente, le médecin-chef observa enfin, en esquissant un sourire de soulagement :

« Il respire normalement. Quelque chose s'est passé ! Il semble reprendre conscience, restons optimistes ! »

Henri revint à lui progressivement, heureusement sans séquelles apparentes. Le bilan médical effectué à la sortie du caisson s'avéra tout à fait rassurant même si le rescapé, interrogé par le médecin responsable, avait encore beaucoup de mal à reprendre ses esprits, tout en s'obstinant de manière compulsive à recoiffer machinalement quelques mèches rebelles.
Que s'était-il donc passé ?

Les soignants, incrédules, recueillirent le témoignage du plongeur sur le déroulement de son accident, tel qu'il l'avait vécu avant de perdre connaissance.

Henri raconta qu'à la suite de son premier rêve éveillé il avait eu, au milieu du couloir de sortie, une dernière vision : celle de sa main gauche éclairée par le faisceau de sa lampe-torche qui, alors qu'elle était cramponnée au fil d'Ariane, avait fait mine de passer à travers la paroi... C'est là qu'il avait gagné l'autre monde. Il se souvint avoir été tétanisé et frappé de stupeur par des visions terrifiantes. Il avait vu son corps démonté et éparpillé en éléments disjoints, tête, jambes, bras, tronc, flottant en apesanteur au milieu d'autres morceaux de carcasses animales démantelées et dispersées[76].

Il crut fugacement s'ajuster au corps tronqué d'un phoque, pour se coller ensuite à celui d'un bouquetin, et il termina coiffé des bois d'un grand cerf. Son cauchemar se poursuivit par une chute tournoyante dans le grand

76. Le fantasme de morcellement décrit par les psychanalystes.

vide d'un univers sans queue ni tête. Un calme absolu avait succédé à ces images chaotiques. Il se s'était senti couler à pic, sans réaction, dans un néant qui l'entraînait vers un grand puits sans fond, un tourbillon d'énergies immatérielles l'aspirant vers un gouffre qu'il devinait confusément.

Au fond de cet entonnoir lumineux et tourbillonnant, il avait eu la vision d'une figure féminine, celle d'une de ces fameuses « vénus » paléolithiques en ivoire de mammouth, aux formes opulentes, exhumées çà et là en Europe.

Il découvrit plus tard que l'interprétation de ces statuettes était toujours un sujet de débat chez les préhistoriens. On lui apprit aussi qu'elles étaient partout associées à la culture gravettienne, connue de la Sibérie aux rivages de l'Atlantique, entre 30 000 et 20 000 ans avant la période actuelle[77].

Henri avait ensuite sombré dans un coma très profond, à travers un bain d'énergie pure échappant totalement à une quelconque représentation. Après avoir touché le fond de ce gouffre, un sursaut de conscience l'avait projeté dans un processus inverse de recomposition où il s'était vu transformé en phoque, puis en homme-phoque[78], pour finir par l'image d'un « sauvage » tatoué, en transe, s'agitant comme un épileptique sur le plancher de la grotte.

Il avait ensuite été aspiré vers le monde extérieur par l'attraction de son ancienne image, entr'aperçue à travers le miroir encore clapotant de la surface de la Méditerranée[79].

Henri émergea dans une salle d'hôpital au milieu d'une équipe médicale aux visages encore masqués par des mufles animaux évanescents. Sa vision se dégagea heureusement de ces distorsions inquiétantes pour

---

77. Petites statuettes féminines répandues pendant la période gravettienne, interprétées comme une possible représentation de déesses-mères, qui témoigneraient d'un culte de la fécondité (cf. page 17).
78. En référence à la représentation d'un homme-phoque dans la grotte Cosquer et aux interprétations de Jean Clottes en faveur d'un chamanisme préhistorique qui serait lié à ces figurations mi-humaines, mi-animales (cf. page 24).
79. Allusion au « stade du miroir » des psychanalystes, notion développée par Jacques Lacan.

laisser banalement place à des soignants vigilants, dont les regards exprimaient un soulagement croissant, au-dessus de masques banalement chirurgicaux.

Henri récupéra rapidement ses esprits après le récit de sa mésaventure qu'il fit à son équipe de moniteurs attentifs, de manière un peu décousue, encore sous le coup de l'émotion. Il lui en resta toutefois l'impression d'un manque infini en regard du monde, insoupçonnable et sans aucune limite, dans lequel l'avait plongé sa vision.

Il ne lui restait plus maintenant qu'à troquer ce vide pour une nouvelle plénitude. Il devait alors se conforter pour avoir le courage d'affronter un monde extérieur sans concessions. Pour l'heure, dans le monde réel, les conflits d'intérêts, les bassesses et les ambitions de ses congénères allaient se trouver dramatiquement réactivés.

De toute évidence, ce monde l'attendait et il lui faudrait brûler les vaisseaux de ses hésitations pour déclarer sa découverte, aller de l'avant et faire face à ses semblables. Après son récent accident, qui ressemblait à une initiation, il se résolut à déclarer sa découverte. Il n'avait plus d'autre choix. Il devait maintenant se confronter aux nécessités du présent dans lequel il avait émergé comme par le biais d'une nouvelle naissance.

Les services du ministère de la Culture eurent beaucoup de mal à le suivre quand il annonça à une administration incrédule avoir découvert, en plongeant dans les calanques, une grotte ornée préhistorique. Après sa déclaration officielle, on le considéra avec suspicion et méfiance puis on chipota, arguant que la situation n'était pas prévue et qu'il était donc impossible d'enregistrer la découverte, faute d'imprimés *ad hoc*[80]...

Heureusement, un préhistorien marseillais bien connu, Jean Courtaud[81],

80. Anecdote rapportée par Henri Cosquer.
81. Transposition de Jean Courtin, préhistorien marseillais et plongeur, qui a assuré l'expertise d'authentification de la grotte. Il a dirigé les deux missions d'études scientifiques du printemps 1992 et de l'automne 1994 et signé la préface de cet ouvrage.

plongeur lui aussi, fut consulté et coupa court à ces tergiversations administratives.

L'annonce de la nouvelle passa dans le domaine public après la première expertise qui attesta l'authenticité de la nouvelle grotte ornée. Ce n'était donc pas, contrairement aux assertions des médias parisiens, une galéjade !

Cela ne fit pas pour autant cesser les querelles, car ce diagnostic déclencha une véritable foire d'empoigne parmi les spécialistes. Ces érudits, d'habitude de bonne composition, s'avérèrent eux aussi en plein trouble, typique des désordres associés au virus P.L.M.85. L'autorité de Jean Courtaud fut contestée pendant des mois, à grands coups d'articles journalistiques incendiaires suggérés par des collègues perfides. Affectant la dérision, malades de jalousie, ils firent tout pour dénigrer l'expertise d'authentification. Frustrés et ulcérés de ne pouvoir monopoliser à leur profit la gloire dérisoire de cette trouvaille, et craignant qu'on leur fasse de l'ombre, ils tenaient des propos méprisants ou virulents sur une découverte qu'ils présentaient comme un faux évident.

Un signe mystérieux, photographié dans la grotte, focalisait les curiosités et hantait encore les nuits d'Henri. Une gravure jusqu'alors inconnue dans les autres grottes paléolithiques, un rectangle où s'inscrivaient deux triangles emboîtés qui évoquaient la forme d'une enveloppe[82].

Qui saurait ouvrir ce pli venu de l'enfance de l'humanité pour en déchiffrer le contenu ? Ce message contenait-il la clé tant recherchée de la malédiction du virus P.L.M.85 ? Les origines d'une atteinte épidémique qui entraînait l'humanité actuelle vers des catastrophes certaines ?

Pendant que les spécialistes, débordés comme tout un chacun par leurs démons intérieurs, se crêpaient mutuellement le chignon, les journalistes étaient aux anges, caricaturant les propos des uns et des autres et alimentant à l'infini les controverses, faisant même douter de la bonne foi

82. Une désignation qui relève bien sûr de l'imagination pour décrire ce signe géométrique observé dans la grotte !

du découvreur. On vit là le grain de folie, véritable « malédiction de la grotte ornée », répandre insidieusement ses désordres dans tous les milieux. Personne n'était plus épargné par la maladie qui gagnait de jour en jour du terrain, à l'échelle hexagonale et internationale, comme une inéluctable peste surgie du passé...

Quelle était l'origine de cette malédiction ? Certains envisagèrent que le virus avait été subitement dégelé par le réchauffement climatique. D'autres supposèrent qu'il s'était glissé, via la transe d'Henri, d'un passé lointain et englacé vers le présent de nos contemporains.

Les descendants lointains des chasseurs paléolithiques auraient-ils encore à souffrir longtemps de ces égarements alors que les initiés de la préhistoire en avaient déjà découvert la clé, au fond de leurs grottes sacrées ?

Qui serait maintenant prêt à traverser le miroir des apparences comme l'avait fait Henri au cours de sa transe pour retrouver cette sagesse perdue depuis longtemps oubliée par nos contemporains ?

****
****

Frøydis suspendit sa lecture du manuscrit exhumé. Le texte avait fait revivre cette représentation archétypique du hardi explorateur et avait, à l'évidence, touché sa sensibilité féminine. Cela laissait entrevoir un petit côté attendrissant chez notre attachante scientifique, militante des approches rationnelles et incollable sur la démarche zététique des anciens philosophes grecs[83]. Ici, la logique de notre chercheuse perdait pied, captivée, par-delà le fossé du temps, par la personnalité bien

83. La « zététique », art du doute chez les anciens philosophes grecs, est encore à la base de la méthode scientifique. Voir le petit ouvrage de François Herbaux : *Antique zététique, aux origines de la philosophie du doute*, paru en 2021 aux éditions Book-e-Book, collection « Une chandelle dans les ténèbres » n° 49.

trempée d'Henri, pressentie, à tort ou à raison, pleine de délicates subtilités. Était-elle tombée amoureuse de ce scaphandrier disparu depuis plusieurs millénaires et brutalement surgi de l'obscurité d'une grotte improbable ?

Frøydis, se réveillant de ce rêve impossible, se reprit. Cela n'altéra en rien sa beauté scandinave, fugitivement exaltée par un léger pli amer à la commissure des lèvres. Elle se domina, se défendant de n'être qu'une naïve espérant l'apparition d'un prince charmant sous la forme d'un homme-grenouille appartenant à un passé révolu !

Cherchant le sommeil, elle restait bercée par ses rêveries amoureuses impossibles pour le héros disparu de la grotte. Le sourire d'Henri persista longtemps, avant de disparaître comme celui du chat du Cheshire d'Alice au pays des Merveilles quand elle s'endormit enfin.

XIII

Histoires de phoques

Le navire océanographique *Jacques-Laborel* croisait aux abords du cap Morgiou. Sa mission était d'établir la topographie sous-marine de l'anse de la Triperie. à cet endroit s'ouvraient plusieurs grottes, dont celle découverte par Henri Lecoquer. Près de la côte, la grotte du Figuier se présentait comme un vaste porche immergé entre -9 m et -20 m. Pour sa part, l'entrée en forme de trou de serrure de la grotte de la Triperie, site de plongée facile et peu profond, s'ouvrait entre -9 m et -17 m. Cette cavité sous-marine avait la particularité de se prolonger par une bulle d'air formant une cloche au-dessus d'un petit lac où l'on pouvait émerger et enlever son masque : l'atmosphère y était parfaitement respirable. Les lampes de plongées permettaient alors d'entrevoir, un peu au-dessus du niveau de l'eau, un toboggan nappé d'argile rouge et humide qui donnait accès à une autre petite salle circulaire, un mètre au-dessus du niveau de l'eau.

Tous les plongeurs ayant pénétré dans cette cloche d'air avaient pu y observer un curieux phénomène : la compression de l'air par la houle extérieure provoquait, à chaque vague, la condensation d'un épais brouillard. Cette brume obscurcissait la vue, mais elle disparaissait quand la pression de la houle diminuait. Cette ambiance étrange, effet d'un phénomène totalement naturel, faisait craindre aux plus superstitieux la subite apparition d'un fantôme, avatar du dernier phoque criminellement tué au cap Morgiou.

« Savez-vous que c'est là qu'a été tournée par le commandant Cousteau, en 1964, la fameuse séquence de son film *Le Monde sans soleil* où la soucoupe plongeante émerge dans un lac situé dans une grotte sous-marine ? » demanda le professeur Bienfait.

Son collègue, Jean Courtaud, était au courant. Il en savait même un peu plus :

« Absolument ! Les plongeurs marseillais ignorent que la grotte de la Triperie a été, pendant longtemps, une tanière de phoques moines. Ces animaux méditerranéens se réfugiaient dans la salle supérieure. Pour en ressortir, ils glissaient sur la pente glaiseuse vers la cloche émergée, dernière étape avant de replonger sous le porche de la grotte pour faire surface en mer libre. Certains pécheurs superstitieux imaginaient que l'anse de la Triperie était un lieu hanté depuis que le dernier de ces animaux avait été tué, dans les années 50-60, par un pêcheur. Pêcheurs et phoques étaient deux communautés incompatibles car elles se nourrissaient toutes deux des mêmes poissons. »

Retour vers la Préhistoire

20 000 ans en arrière, Mik le chasseur avait de plus en plus tendance à rêver tout éveillé. Chevaux, bisons et bouquetins galopaient dans ses songes. Il ne savait plus trop où il en était. Il se demanda même :

« Est-ce moi qui rêve de ces animaux ou bien sont-ce ces animaux qui rêvent de moi ? »

Sa récente initiation l'avait fortement impressionné. Pour évacuer ses préoccupations, il avait pris l'habitude de tracer machinalement des figures animales sur le sable. Ces images, vite effacées par le ressac, se précisaient ensuite dans ses réflexions en devenant à chaque nouvelle tentative de plus en plus réalistes...

Lors de son dernier essai, il avait voulu représenter les phoques qui pullulaient sur les plages voisines. Le corps allongé et fusiforme de ces pinnipèdes et leurs nageoires ventrales étaient faciles à figurer, ainsi que leurs grosses moustaches bien caractéristiques.

Mik était fier de sa dernière œuvre, esquissée à même le sol. Il sollicita l'avis de son entourage. Son public s'avéra perplexe, les questions fusaient :

« Un phoque ? Ça ? Mais tu te moques de nous ! Ce n'est pas du tout réaliste !
– Les fesses évoqueraient plus facilement le postérieur de la Grande Déesse que celles d'un animal au corps fuselé par les vagues et les courants de l'océan !
– Pourquoi cette bizarre nageoire ventrale prolongée par une main humaine ?
– Aucune raison de dessiner ce phoque sur le dos... Ces animaux ont l'habitude de ramper sur le ventre... !
– Et ces traits par-dessus ? Qu'as-tu voulu dire ? Des sagaies ? Cela n'y ressemble pas vraiment. Mais alors, pourquoi ces raturages maladroits ? »

Mik était déçu ! Seule Fahn et Fêh, les deux magiciennes, devinèrent qu'il s'agissait d'une représentation maladroite mais fantastique d'une scène de transe, où l'esprit d'un chaman encore humain était en voie de se transformer en celui d'un phoque.

Mik se sentit enfin compris. Pour lui, ce dessin matérialisait une des leçons de l'initiation : on ne discernait aucune limite nette entre le monde animal et celui de l'homme. Tous deux participaient du même univers. Les esprits animaux gouvernent les actions humaines et c'est à eux qu'il faut sans cesse revenir pour ajuster sa conduite en tuant toutes ses illusions d'une quelconque supériorité de l'humain sur le monde animal.

« Oh là là ! Jamais personne ne comprendra ton message ! » lui rétorquèrent certains.

D'autres se moquèrent de ses rêves en lui assenant des propos décourageants :
« Tu ferais mieux de reprendre ta traque du gibier pour nourrir la tribu plutôt que de rêvasser d'une manière aussi alambiquée. »

Lorsqu'il qu'il fut autorisé à reproduire son esquisse dans la caverne, en se fiant à son rêve, il ajouta quelques traits barbelés supplémentaires.

Certains contestèrent, objectant que ses dessins de sagaies n'étaient pas assez explicites. Ils prétendaient que cela évoquait plutôt des gribouillis ou des raturages que des instruments de chasse. Nos chasseurs préhistoriques, pointilleux sur la question de l'efficacité de leurs armes, avaient du mal à supporter les approximations de Mik. Ce dernier protestait, arguant qu'il s'agissait « d'Art » et qu'en tant qu'artiste incompris, il était certain que son message ne serait reçu que dans un futur lointain, quand ces esprits chagrins auraient, depuis longtemps disparu.

XIV

Juin 2022

La réplique

Les médias nationaux étaient sur les dents. Des milliers de Marseillais étaient devant leur poste de télévision ce soir de printemps 2022, chacun voulant avoir la primeur concernant l'inauguration de la réplique de la fameuse grotte Cosquer, joyau du parc national des Calanques.

Plusieurs longues années avaient été consacrées à de laborieux relevés informatiques, photographiques et photogrammétriques, effectués lors d'innombrables heures de plongée et lors de séjours dans la fameuse grotte préhistorique des calanques.

Il avait fallu de longues concertations, souvent difficiles, entre la région, l'État et les chercheurs les plus avisés consultés à cette occasion. La région Sud PACA avait choisi, en accord avec l'État, l'efficace société Kléber Rossillon, celle qui avait reproduit la merveilleuse grotte Chauvet. Elle avait généré un objet pédagogique et scientifique qui frisait la perfection.

Enfin, l'heure était venue de restituer au public cette « arche de Noé » provençale, salut de ces animaux peints. Ce joyau était maintenant sauvé des eaux. Le danger de l'insidieux et inexorable réchauffement climatique qui échauffait depuis quelques années la presse internationale était maintenant, en partie, conjuré.

Cette arche, soustraite à une lente montée du niveau de la mer, était dorénavant mise en bouteille avec son message venu du passé, pour la plus grande joie et l'édification des petits et des grands.

La réplique était parfaite en tous points, il n'y avait rien à redire. Chacun se félicitait du résultat. Un objet si conforme à l'original, reproduisant si fidèlement ce sanctuaire venu du passé, que l'on avait aussi dupliqué le maléfice de la grotte ornée. L'anathème immémorial du déchaînement passionnel du « Pousse-toi de là que je m'y mette » avait sans doute été insuffisamment exorcisé par les derniers occupants de la grotte, puisqu'une partie de cette graine de toutes les discordes avait été malheureusement oubliée dans une fissure de la roche...

Une malédiction virale qui n'attendait que cela pour infecter nos scientifiques maintenant en charge de l'étude de la grotte. Notre récit ne devrait certainement pas s'arrêter là.

Mais, comme disait le grand écrivain britannique Rudyard Kipling : « Ceci est une autre histoire. »

On crut percevoir, venant d'un lieu situé au-delà des collines de l'hôpital Nord, comme un ricanement de hyènes... une promesse de nouveaux désordres à venir ?

XV

ÉPILOGUE

LE RÊVE DE FRØYDIS

Bien au-delà de la constellation du Chien, les trois vaisseaux spatiaux évoluaient de conserve dans l'espace intersidéral à la recherche d'une ouverture qui, d'après les calculs des astronomes, devait se prolonger par un très long couloir tourbillonnant. Un maelström de l'espace-temps qui permettrait d'émerger à des millions d'années-lumière de là, vers une nouvelle planète habitable dont la présence, d'abord pressentie, était maintenant certaine.

Pour ce voyage, la préparation des cosmonautes effectuée en piscine avait été longue et difficile. Il avait fallu s'entraîner durement à un interminable confinement en milieu clos, exigeant un équilibre psychologique hors du commun. Il avait fallu aussi s'habituer à la cohabitation avec les autres membres de l'équipage dans un espace réduit où les travers des uns exacerbaient ceux des autres jusqu'à l'insupportable. Certains chez qui on avait détecté les germes de folies latentes avaient été éliminés sans tergiverser... Le succès de la mission était à ce prix.

En souvenir d'autres découvertes, presque oubliées, on avait baptisé ces nefs d'exploration mues par les vents solaires la *Santa-Maria*, la *Niña* et la *Pinta*. Après une trop longue période d'accalmie où les vaisseaux avaient dû utiliser la poussée des moteurs atomiques, le changement survint brusquement avec une accélération inattendue des courants cosmiques tourbillonnaires qui entraînèrent nos explorateurs vers l'avenir inconnu d'un maelström dont la communauté scientifique ignorait l'existence[83].

---

83. Inspiré directement par la nouvelle d'Edgar Poe : « Une descente dans le maelström », in *Histoires extraordinaires*, éditions Flammarion, collection GF.

Le temps était alors venu d'abandonner la flotte en position stationnaire pour se confronter à ce gouffre dans une chaloupe spatiale plus légère et plus manœuvrable. Frøydis, capitaine de la nef amirale, détacha la navette d'exploration de la *Santa-Maria* et plongea vers l'inconnu.

La capsule, comme aspirée par un rail invisible, glissa après une série d'accélérations successives pour stabiliser finalement sa course sur une trajectoire en arc de cercle qui l'amena au bord du gouffre. Le moment tant attendu était arrivé, celui d'un plongeon dans un mystère dont l'existence n'avait jamais été soupçonnée depuis les débuts de l'histoire de l'humanité. Frøydis, ne perdant pas de vue l'écran de contrôle de son véhicule, resserra machinalement sa ceinture de sécurité avant de subir le choc d'une accélération fulgurante qui l'entraîna dans un tourbillon de plus en plus rapide. Elle flottait encore à quelques encablures de la nef amirale restée loin en retrait.

Elle se sentit flotter et glisser de plus en plus vite sur une surface gauchie et tourbillonnante qui s'incurvait en entonnoir, se perdant dans un lointain dans lequel elle appréhendait de se fracasser. La spirale de ses évolutions la rapprochait de plus en plus de cette fin certaine. Il était trop tard pour reculer. Son angoisse montante la paralysait comme l'oiseau immobilisé par le regard du serpent, mais elle ne l'empêchait pas de laisser vagabonder ses pensées avec une lucidité curieusement froide et implacable qui la surprenait elle-même.

Elle se remémora alors, émergeant des associations d'idées qui l'envahissaient, une très vieille histoire qu'on lui avait racontée sur Terre, lors d'un voyage vers le cercle polaire. C'était l'odyssée incroyable d'un pêcheur suédois qui s'était imprudemment laissé entraîner par le maelström des îles Lofoten. Seuls son sang-froid et son audace lui avaient permis de sortir vivant d'une aventure que se racontaient encore ses descendants. Le malheureux, promis à une mort certaine au fond du gouffre, avait eu le cran de se jeter à l'eau hors de la protection illusoire de sa barquette, entraînée par un flux fatal vers l'ombilic du tourbillon où les autres épaves avaient été broyées, comme au hachoir, dans un fracas terrifiant. Allégé par l'abandon de sa coque de noix faussement rassurante, il était resté, planant au-dessus, en retrait, sauvé par son renoncement.

Elle pris conscience qu'elle se trouvait dans une situation analogue à celle de ce pêcheur. Comme le héros de la légende, elle put constater que les débris les plus petits abandonnés dans l'espace avaient une course très ralentie, ce qui lui confirma que la masse des objets était bien responsable de leur vitesse d'entraînement. Comme le héros de l'histoire, elle remarqua avec un serrement de cœur que la course de son engin s'accélérait dangereusement. La seule solution possible, mais extrême, était de renoncer à sa sécurité qui devenait de plus en plus illusoire. Le cocon rassurant de sa capsule la menait paradoxalement à sa perte. Une image surgit de sa pensée affolée, celle d'une fourmi glissant inexorablement dans l'entonnoir de sable au fond duquel est tapie la larve de fourmilion prête à la dévorer.

Terrifiée par cette image, capelant son scaphandre et prenant son courage à deux mains, elle prit sa décision et sauta dans le vide extérieur, sans retour possible !

Après un instant de panique totale où elle ne comprit pas vraiment ce qui lui arrivait, elle se sentit dériver, prisonnière d'une trajectoire suivant le cercle le plus extérieur de ce véritable enfer de Dante. Il lui sembla ensuite que sa course s'y stabilisait alors que sa capsule de sauvetage, abandonnée, tournoyait comme un insecte glissant vers la bonde d'un lavabo qui se vide… Entraînée par sa masse, cette coque de noix termina cruellement broyée comme un moustique entre les pages d'un livre trop rapidement refermé. Tout son univers connu et sécurisant était maintenant passé à la trappe et elle se trouvait seule et nue, dérivant dans un univers potentiellement hostile sans aucun espoir de portance salvatrice.

Frappée de stupeur, elle dérivait en sursis, sauvée par la masse plus faible de son seul scaphandre, mais s'acheminant à son tour vers l'ombilic terrifiant de ce hachoir cosmique, véritable promesse d'enfer, au fond d'un tourbillon que l'on ne pouvait traverser que broyé comme chair à pâté.

Contre toute attente, après avoir décrit une infinité de cercles pendant un temps qui lui sembla une éternité, elle crut percevoir un petit changement dans la vitesse de sa course. Elle se sentit ralentir et remonter insensiblement. Les courants cosmiques s'étaient inexplicablement calmés dans une étale de marée onirique, et l'entonnoir fatal qu'ils formaient se résorba peu à peu.

Elle se retrouva, haletante mais saine et sauve dans son seul scaphandre, au milieu d'un calme surréel, une flaque de temps où tous les courants gravitaires semblaient inexplicablement apaisés. Une énergie pacifiée qui échappait à toute tentative d'expression par le langage logique. Sans doute avait-elle atteint le « Fond sans Nom, Mère de tous les Êtres » des antiques philosophes taoïstes, le « Grand Klôt » dont parlaient depuis des millénaires les mystiques de la Terre. Ils étaient entendus quelquefois par certains initiés, répétant en vain leur message probablement depuis une immémoriale préhistoire.

Rien de nouveau sous le soleil : nos ancêtres de la préhistoire n'avaient aucunement besoin d'avancées technologiques pour s'interroger sur l'absurdité de leur condition et les dangers d'un ego étranger à la sagesse animale. Comme l'avaient compris les chamans de la caverne engloutie, seule une déconstruction initiatique peut ramener vers le néant intérieur. à l'opposé, les ambitions du sens commun, égarées par l'énergie du désespoir, sont à la recherche d'une vérité sur laquelle elles sont assises depuis leur naissance.

Depuis l'époque de Pythéas le Massaliote, les savants de Marseille, précédés par leurs ancêtres préhistoriques, avaient compris le mystère de cet univers incommensurable qui échappait constamment, telle une savonnette, à ceux qui prétendaient le saisir en lui opposant ambitions absurdes et affrontements à côté de la plaque.

Au loin, après s'être elle-même fondue dans ce néant d'énergie pure, Frøydis fut recrachée hors de l'emprise du maelström de l'autre côté du miroir des apparences, dans un autre univers, au-delà de la vie et de la mort, au-delà du passé et du présent. Elle eut l'impression de se reconstruire pièce à pièce, comme un jeu de construction dépossédé de tout ego, en orbite autour d'une planète bleue qui ressemblait à la Terre.

Présentation de l'auteur : Jacques Collina-Girard

L'auteur, géologue et préhistorien est aussi plongeur scientifique. Après une thèse consacrée aux plus anciennes traces d'occupation humaine dans la région de Perpignan, il a tout d'abord exercé la fonction de maître de conférences, en coopération au Maroc (1979-1985) avant d'être affecté (1985-1994) à l'université de Bordeaux 1 (institut du Quaternaire). Détaché au CNRS (URA 164) pendant deux ans dans le cadre de l'étude scientifique de la grotte Cosquer (1994-1996) ses travaux lui ont valu la médaille de bronze du CNRS. Actuellement à la retraite, il a exercé comme maître de conférences à l'université d'Aix-Marseille (AMU) où il a enseigné la géologie (centre Saint-Charles et la Préhistoire (centre d'Aix-en-Provence). Actuellement, il est rattaché en tant que chercheur au LAMPEA (UMR 7269 du CNRS), Maison Méditerranéenne des Sciences de l'Homme (MMSH) à Aix-en-Provence.

Il a été nommé président de la commission scientifique pour la réplique de la grotte Cosquer. Les intérêts de l'auteur sont multiples : géologie, géomorphologie, étude des premières technologies préhistoriques, préhistoire extraeuropéenne et préhistoire immergée. Il est l'auteur de nombreuses publications scientifiques et de plusieurs ouvrages :

La *Provence immergée, plongées à Marseille et ses abords*, éditions des Presses du Midi, 2011.

L'Atlantide retrouvée ? Enquête scientifique autour d'un mythe, éditions Belin - pour la science, collection Regards, 2009.

Le Feu avant les allumettes - Expérimentation et mythes techniques, collection Archéologie expérimentale et Ethnographie des techniques, XIV, éditions de la Maison des Sciences de l'Homme, Paris. 150 pages dont 24 ill. et 16 pl. en couleurs.

Remerciements de l'auteur :

Imaginer, sur le mode de la plaisanterie, des scénarios sous-tendant les apparences d'un quotidien prosaïque peut être un jeu amusant. S'essayer à les transformer en histoires construites est tentant. Je me dois de remercier ici amis et relations professionnelles, ou autres, qui ont ainsi alimenté, malgré eux, l'écriture de ces textes.

C'est à Jean Courtin que je dois ma participation aux missions scientifiques de 1992 et de 1994 dans la grotte Cosquer. Jean Courtin a beaucoup contribué, avec Jean Clottes, Eugène et Marie-Françoise Bonifay à mon retour à Marseille à l'occasion de ces aventures sous-marines. À ce titre, je leur dois une profonde gratitude et une reconnaissance sans faille. C'est cette aventure marseillaise, scientifique, relationnelle et préhistorique qui a inspiré, au moins en partie, ce roman dont un des héros est, bien sûr, un avatar d'Henri Cosquer, à qui il faut aussi rendre ici hommage.

Je pense aussi au personnel du DRASM, aux scaphandriers professionnels de la société KERMAR ainsi qu'aux équipages de l'*Archéonaute*, navire affecté, à l'époque, aux deux missions de 1992 et de 1994, auxquelles j'ai participé dans cette grotte promise à la célébrité. La liste demanderait à être élargie et je remercie toutes les personnes que j'ai croisées et qu'il aurait fallu inventer si elles n'avaient pas existé.

En dehors de ce milieu professionnel, mes relations subaquatiques, de longue date, avec Jean-Michel Icard, la société Icard Maritime, son club de plongée et ses sympathiques équipages, ont fortement alimenté mon expérience sous-marine de plusieurs décennies et l'écriture de ce roman : je dois tous les assurer ici de ma reconnaissance indéfectible.

Je remercie aussi ceux qui ont eu la gentillesse de se pencher sur mon manuscrit en acceptant de le relire de manière amicale et constructive. Je pense particulièrement à François Herbaux qui s'est attaché à cette tache à sa manière pointilleuse et professionnelle d'écrivain et de journaliste. Pour sa part, Martine Mouton de la Région SUD PACA, n'a jamais manqué de me dispenser ses encouragements et ses avis. Je remercie aussi ceux qui, sollicités cà et là, ont bien voulu se pencher sur un texte en gestation pour donner leur avis de lecteurs potentiels. Parmi eux je pense à Raymond Monteau, Claude Bouville, Stéphane Vetere, Jean-Michel Icard, Thierry Delcroix, Christian Boudignon, Marie-Victoire Nivet et Pascale Oriol, qui a, elle aussi, participé dès ses débuts à l'aventure de la grotte Cosquer.

Cet ouvrage doit son existence concrète à son éditeur Fréderic Boyer, à ses conseils avisés de professionnel et à sa maison d'édition « Mémoires Millénaires » mais aussi à l'aide financière du parc national des Calanques et de L'A.P.P.A.M (Association pour la Promotion de la Préhistoire et de l'Anthropologie Méditerranéenne). Il faut ici rendre hommage à ces deux organismes financièrement indispensables, qui pourrait le nier ?

Je remercie aussi nos ancêtres, très lointains, qui semant çà et là des outils en quartz dans les montagnes guinéennes et des silex taillés dans les champs de blé de la bourgade de Berkane, au Maroc ont semé, dans mon enfance, la graine de la curiosité pour ces fascinants objets. Ils ont déterminé, au moins en partie, la suite de l'existence d'un Petit Poucet entraîné dans la vie par ces petits cailloux... jusqu'à l'écriture, *à priori* imprévisible, de ce texte d'aventures partiellement imaginaires.

L'inauguration de la réplique de ce site préhistorique par la région SUD PACA et la société Kléber Rossillon va sans doute déclencher de nouveaux rêves dont les conséquences à long terme seront imprévisibles. Mais qui oserait prévoir ou modéliser l'avenir ?

Bibliographie sommaire :

BAIXE Jacques-Henry (1984). *La médecine Bleue*, éditions France Empire.186 pages.

CHARLES Nicolas, BLANC Jean-Joseph, COLLINA-GIRARD Jacques, MONTEAU Raymond (2021). *Guide, curiosité géologiques du Parc National des Calanques*, BRGM éditions. 139 pages.

CAZENAVE Anny (1999). *Les variations actuelles du niveau moyen de la mer.* in Comptes Rendus de l'Académie des Sciences, série « Terre et planètes », volume 329, no 7, pp. 457-469.

CLOTTES Jean, COURTIN Jean et VANRELL Luc (2005). *Cosquer redécouvert,* éditions du Seuil, Paris.

CLOTTES Jean, Courtin Jean (1994). La Grotte Cosquer, peintures et gravures de la caverne engloutie, éditions du Seuil, Paris, 198 p.

COLLINA-GIRARD Jacques (2012). *La Provence immergée, Plongées à Marseille et ses abords,* éditions des Presse du Midi, Toulon, 282 p.

COLLINA-GIRARD Jacques (2004). *Prehistory and coastal karstic area: Cosquer cave and the "calanques" of Marseille.* Speleogenesis Journal. Speleogenesis and Evolution of Karst Aquifers, article en ligne. www.speleogenesis.info/archive/publication.php?Type=publication&PubID=3265

DELESTRE Xavier (2021). *Le Paléolithique en Provence. La Grotte Cosquer en questions,* éditions Équinoxe, Saint Rémy-de-Provence. 140 pages.

D'HUY Julien et préface de LE QUELLEC Jean-Loïc (2020). *Cosmogonies, la préhistoire des mythes,* éditions La Découverte, collection « Sciences sociales du vivant ».

HERBAUX François (2005). *Nos ancêtres du midi, enquêtes sur la Préhistoire de Sigean à Menton,* éditions Jeanne Laffitte, Marseille.

LE QUELLEC Jean-Loïc et SERGENT Bernard (2017). *Dictionnaire critique de mythologie,* CNRS éditions, voir pages 425-428 : les mythes d'émergences.

LE QUELLEC Jean-Loïc (2017). *Art des grottes et mythologie préhistorique.* La lettre de la Société des Amis du Musée de l'Homme, ISSN 1779-1707

COLLINA-GIRARD Jacques (2012). *La Provence immergée, plongées à Marseille et ses abords,* éditions des Presses du Midi, Toulon.

LIMA Pedro (2021). *La grotte Cosquer révélée - Les secrets du sanctuaire préhistorique englouti.* éditions Synops, 238 p.

ROUSSEL Bertrand, BOYER Frédéric (2021), *Le Guide des sites préhistoriques en Provence Alpes-Côte d'Azur,* éditions Mémoires Millénaires, Nice.

Représentation de pingouins
dans la grotte Cosquer.

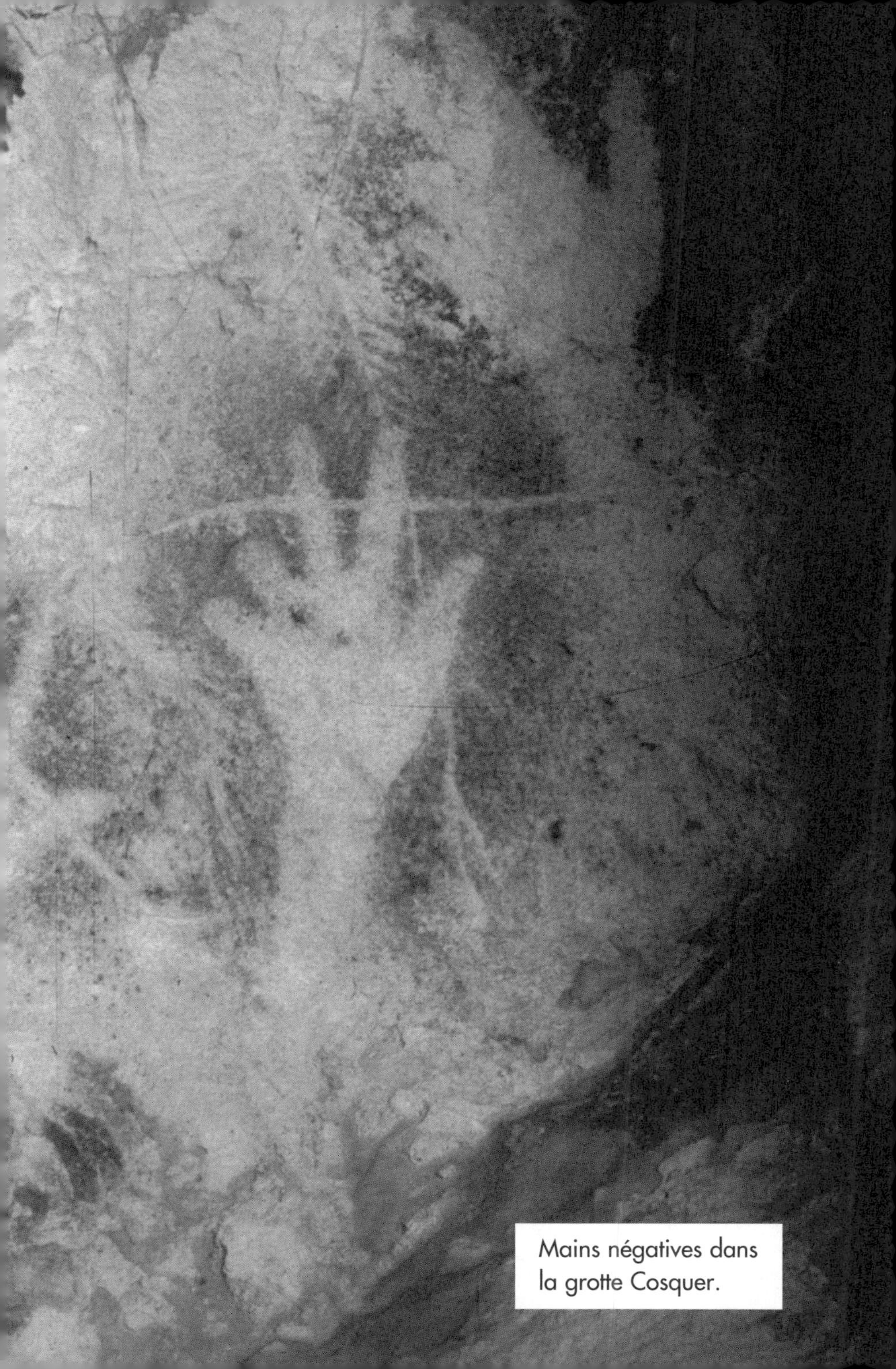

Mains négatives dans
la grotte Cosquer.

D'autres livres, publiés aux
éditions Mémoires Millénaires, qui pourraient vous intéresser :

Direction éditoriale : Frédéric Boyer
Relecture : Géraldine Coullaud-Boudy (l'attrappe-fautes)

Crédits photos : toutes les photographies et les figures sont de l'auteur @collina-girard et déposées au Centre National de Préhistoire de Périgueux. Les photos de l'intérieur de la grotte ont été effectuées lors des missions de 1992 et 1994. Remerciements à Georges Kouyoumontzakis, pilote de l'avion ayant permis la photo aérienne du cap Morgiou.

Impression : Pulsio
Dépôt légal : avril 2022
ISBN : 978-2-919056-87-3
Tous droits de traduction, de reproduction et d'adaptation réservés pour tous pays.

ÉDITIONS MÉMOIRES MILLÉNAIRES

« *Faire revivre notre patrimoine* »
memoiresmillenaires@wanadoo.fr
132 av. de la mer - 06700 Saint-Laurent-du-Var

www.memoires-millenaires.com